www.tredition.de

AF202924

Peter Schmidt

Alaska Experience

Roman

© 2019 Peter Schmidt
Umschlaggestaltung: kunstmacher Korrektorat, Lektorat: MGS

Verlag und Druck: tredition GmbH, Halenreie 40-44, 22359 Hamburg

ISBN

Paperback: 978-3-7482-3432-6
Hardcover: 978-3-7482-3433-3
e-Book: 978-3-7482-3434-0

Das Werk, einschließlich seiner Teile, ist urheberrechtlich ge-schützt. Jede Verwertung ist ohne Zustimmung des Verlages und des Autors unzulässig. Dies gilt insbesondere für die elektronische oder sonstige Vervielfältigung, Übersetzung, Verbreitung und öffentliche Zugänglichmachung.

Für die kritische Durchsicht des Manuskripts, hilfreiche Anregungen und stets konstruktive Vorschläge geht mein Dank an

Marlis G Schill, Lucie Neumann, Hans Martin Thill, Franz Lässig

Prolog

Tage nach seinem Verschwinden tauchte er wieder auf. Mit Ausnahme der Alten, der Bettlägerigen und einiger Fischer, die noch auf Fangzug waren, versammelte sich das ganze Dorf am Strand. Schweigend, mit verschränkten Armen, standen die Männer da, die Frauen jammerten und schlugen sich die Hände vor die Brust. An Großmutters Hand verfolgte der Junge das Geschehen. Sie machte einen gefassten Eindruck. Seit ihrer Eheschließung hatte sie mit Derartigem zu rechnen, und wie alle Fischerfrauen des kalabrischen Dorfes, ihr Schicksal ergeben akzeptiert. Tag für Tag hing die Bedrohung über dem Dorf. Jede Familie konnte es treffen. Jederzeit. Tiefe Gläubigkeit trug sie, wie auch die Gewissheit der Solidarität aller im Dorf. Er sah sich kaum noch ähnlich. Die Falten seiner sonnengegerbten Haut waren gewichen, Gesicht und Lippen bleich und aufgedunsen. Haare und Bart schmutzig und voller Tang. Unmöglich, ihm noch einmal in seine warmen, braunen Augen zu schauen, seine Lider waren geschlossen. Die Männer, die Großvater aus dem Wasser gezogen hatten, wichen stumm zur Seite. „Schau doch, mein kleiner Goffredo, er sieht gar nicht unglücklich aus. Er ist nur den Meerjungfrauen zu nahegekommen. Jetzt gehört er ihnen. Er wird es guthaben, dort, wo er jetzt ist".

Ein rechter Haken von Mike Tyson hätte Jeff DelMare nicht härter treffen können. Unsicher tasteten seine Hände nach dem Geländer, in Sekundenschnelle bildeten sich Schweißflecken auf seinem Hemd. Mitten auf der Gangway beschlugen die Gläser seiner Sonnenbrille und unter der Schädeldecke wummerte ein Presslufthammer. Ihm war kotzübel. Nicht einmal die Fragen des Immigration Officer konnte er beantworten. Bei der Passkontrolle gaben seine Knie nach, der Beamte packte beherzt zu und führte ihn wie einen altersschwachen Greis zu einem Stuhl, auf den er niedersank, bis der Schwächeanfall vorüber war. Dann ließ man ihn gehen. Nicht einmal den Inhalt der Mappe wollte jemand sehen, die Jeff krampfhaft unter den Arm geklemmt hielt. Ihr Inhalt hatte ihn die letzten Tage und Nächte alle Kraft und den letzten Nerv gekostet, bis er die Beteiligten soweit hatte, zu unterschreiben. Über diesen Supercoup vergaß er alles andere. Auch die Meldung des russischen Fernsehens über die Hitzewelle zuhause.

Schon lange wartete Eve nicht mehr am Gate auf ihn, was ihm nur recht war. In den ersten Jahren ihrer Ehe empfing sie ihren Mann stets voller Vorfreude, winkte schon von weitem und flog in seine Arme.

Die neidischen Blicke der mitreisenden Männer taten ihm gut.

Wenn er auf Reisen war, schrieben sie einander regelmäßig oder telefonierten, woran er allerdings schnell die Lust verloren hatte. Die Telefonate und erst recht die Schreiberei gab er auf.

Er hielt sie zunehmend für sinnentleerte, unnötig zeitraubende Rituale, die ihm rasch auf die Nerven gingen. Als sie sich darüber beklagte, war es schon zu spät.

Wie besoffen torkelte er auf ein Taxi zu, kaum fähig dem Fahrer die Adresse seines Büros bei Rossley & Finch zu nennen. Bereits zu Studienzeiten, und schon damals für gutes Geld, hatte er sich für diese Wirtschaftsberatung in jeder freien Minute krummgelegt und früh zeichnete sich ab, dass man ihn gerne ins Boot holen würde. Finch köderte ihn mit einem stattlichen Gehalt und der Aussicht, ihn zu seinem Partner zu machen, sobald sich der alte Rossley vom Acker gemacht habe. Nach dem Deal mit einem bulgarischen Konsortium, der nur mit Eselsgeduld, gnadenlosem Verhandeln und unter massivem Alkoholeinsatz zustande gekommen war, nannte er Jeff eine Wildsau in Nadelstreifen. Der fühlte sich geadelt. Nach dem Ausscheiden des alten Rossley bot Finch ihm dann tatsächlich dessen Büro im 23. Stockwerk des Fox Tower an. Hier oben stört es keinen Menschen, wenn er in den seltenen Zeiten seiner Anwesenheit, schwungvoll dirigierend und jenseits jeder Zimmerlautstärke, eine seiner Lieblingsopern hört und dabei den Wahnsinnsblick über die Stadt, den Washington Park, den Willamette River bis hinüber zum Rose Quarter in sich einsaugt.

In Momenten wie diesen fragte er sich gelegentlich, warum er seiner Leidenschaft für Musik nicht auch beruflich gefolgt war. Doch immer, wenn er sich dann in seinen Räumlichkeiten umschaute, verwarf er diesen hirnrissigen Gedankengang jedes Mal sofort wieder.

„Frag mich niemals, was dieses Traumbüro die Firma kostet", drohte Finch scherzend bei seinem Einzug. Was Jeff seither steter Ansporn ist, sich rund um die Uhr den Arsch aufzureißen, wie er sich auszudrücken pflegt, um Finchs Erwartungen mit unermüdlichem Einsatz zu rechtfertigen. Er habe Jeff goldene Fesseln angelegt, schimpfte Eve, als sie noch zusammen waren. Seit ihrer Trennung ist dieses Büro Jeffs Zuhause. In jeder Hinsicht. Dorthin ließ er sich bringen. Während der Fahrt fehlte nicht viel und er hätte das halbe Taxi vollgekotzt. Beim Aussteigen tanzte die Umgebung. Seine Augen fanden nirgendwo Halt. Es war ihm so was von scheißegal, dass er sich beim Bezahlen offenbar sehr zum Vorteil des Fahrers vergriffen hatte. Dafür duldete er auch keine Diskussion, als er vom Chauffeur verlangte, ihm das Gepäck bis an den Aufzug zu bringen. Nach getaner Arbeit bestieg der Cabby pfeifend sein Taxi, wo er im Rückspiegel verfolgte, wie sich Jeff direkt vor dem Eingang heftig in die Büsche übergeben musste. Zitternd kauerte er am Boden, bis ihn kräftige Arme nach oben zogen. „Geht´s wieder, Sir, sind Sie O.K.?", hörte er hinter sich den Taxifahrer und war heilfroh, dass der ihn samt Gepäck mit dem Fahrstuhl in den 23. Stock begleitete. Nein, einen Arzt brauche er nicht, es gehe schon wieder besser, log er, als sich oben die Türen des Fahrstuhls öffneten, dankte für die Hilfe und schickte den Fahrer weg. Nicht einmal nach ausgiebigen Saufgelagen und durchverhandelten Nächten mit irgendwelchen hartnäckigen Geschäftspartnern hatte er sich auch nur annähernd so lausig gefühlt und wenn, dann halfen ihm eine Handvoll Tabletten und eine kalte Dusche jedes Mal schnell wieder auf die Beine. Wieso nicht auch jetzt?

Auf allen Vieren robbte er ins Schlafzimmer, zog sich mit letzter Kraft und kaltem Schweiß auf der Stirn aufs Bett und verwarf sogleich seine Idee. Weder Tabletten hätte er jetzt bei sich behalten, noch den Weg zur Dusche bewältigt. Einen Sack voll Geld hätte er gegeben, damit diese Schmerzen im Unterbauch wenigstens ein klein wenig nachließen.

Ihre Kommilitoninnen platzten vor Neid, als Jeff sie mit seinem knallroten Cadillac Deville auf dem Campus abholte. Zum ersten Mal im Leben auf sich selbst gestellt, schlingerte sie durch diese fremde, akademische Welt und es beschäftigten sie zwei existentielle Fragen. Wie sie mit der schmalen Unterstützung von zuhause einigermaßen über die Runden kommen sollte und was der smarte, schwarzhaarige Junge mit den haselnussbraunen Augen ausgerechnet an ihr fand. Daisy Duck wurde sie wegen ihrer träumerischen, sanftmütigen Art schon in der Schule gehänselt. Als sie älter wurde, begann sie ihren flachen Hintern und ihre Twiggyfigur zu hassen. Immer, wenn sie vor dem Spiegel stand oder sich auf Fotos betrachtete, fand sie sich ziemlich hässlich. Was sollte einem Jungen denn an ihr schon gefallen, fragte sie sich dann. Schon bald würde er ihrer überdrüssig werden, da war sie sich sicher. Wäre auch nicht das erste Mal, dass ihr das passiert.

Dennoch hatte sie im Überschwang der Gefühle nicht für sich behalten können, dass genau dieser Jeff ausgerechnet sie nach einer Vorlesung in aller Form um ein Date gebeten hatte. Die eifersüchtigen Mädels zerrissen sich die Mäuler, rätselten, was der Märchenprinz bloß an ihr fand und wie er an diesen Wagen gekommen sein mochte. Die einen wollten gehört haben, Jeff stamme aus einem betuchten Elternhaus, andere streuten weniger freundliche Gerüchte in Anspielung auf seine italienische Abstammung.

Der Wagen sei sein eigener. Bezahlt mit Geld, das er neben dem Studium in jeder freien Minute in einem Consultingbüro verdiente, erstickte Jeff souverän alle Spekulationen im Keim. Dort habe man bereits ein Auge auf ihn geworfen, verkündete er nicht ohne Stolz. Für ihr erstes Rendezvous chauffierte er seine neue Eroberung zum teuersten Diner der Stadt.

Auf dem Parkplatz hätte es um ein Haar gekracht. Ein anderer Fahrer, der es ebenfalls auf die letzte freie Parklücke abgesehen hatte, kam ihnen in die Quere. Jeff schnitt ihm den Weg ab, zog den Schlüssel aus dem Zündschloss, öffnete in Zeitlupe die Fahrertür, plusterte sich auf wie ein Kampfgockel und näherte sich entschlossen dem Rivalen, der es vorzog, im Wagen sitzen zu bleiben. Blitzschnell griff Jeff durch das offene Seitenfenster, zerrte ihn am Kragen aus dem Polster dicht vor sein Gesicht um ihn gleich darauf vehement ins Wageninnere zurück zu stoßen. Eve hatte sich möglichst unsichtbar gemacht und war im Cadillac vom Beifahrersitz in den Fußraum abgetaucht.

Jeff amüsierte sich köstlich, machte Witze über ihre Gesichtsfarbe, die von der des Cadillacs kaum mehr zu unterscheiden war und als er ziemlich spät bemerkte, dass sie seine Häme nicht lustig fand, reichte er ihr galant den Arm und führte sie ins Lokal. Dass sie sich wie ein dämliches Schaf widerspruchslos von ihm abführen ließ, störte sie damals noch nicht. Ein andermal gefiel ihm ihr Kleid nicht, obwohl sie es nicht zum ersten Mal trug.

„Mit so einem Fetzen will ich dich nicht noch einmal sehen. Da muss man sich schämen", polterte er los. „Auf der Stelle kaufen wir dir was Neues."

Als sie dann aus der Umkleidekabine trat, war er wie umgedreht. „Ma tu sei una ragazza bellissima, Eve", entfuhr es ihm. Nun fehle nur noch die passende Kette. Und ehe sie sich versah, standen sie im nächstbesten Juweliergeschäft. Dass er, ohne mit der Wimper zu zucken, alles bezahlte, war für ihn selbstverständlich.

Als Eve ein einziges Mal nur den zaghaften Versuch unternahm, eine Getränkerechnung selbst zu bezahlen, bereute sie es auf der Stelle.

„Willst du mich beleidigen?", brauste er auf. „Wenn ich mir dich nicht leisten könnte, hätte ich dich nicht verdient. Basta."

Wenn sie beide in den Polstern des Cadillacs versanken und Jeff eine Kassette ins Autoradio schob, war es fast immer eine mit klassischer Musik. Jeff schwärmte für italienische Opern. War sie zuhause alleine, drehte Eve sofort auf einen anderen Sender, wenn sie aus Versehen einen mit klassischer Musik erwischt hatte. Mit Jeffs Arm um ihre Schultern fand sie plötzlich auch an dieser Musik Gefallen.

Andauernd lud er sie zu Konzerten und lieber noch in die Oper ein. Vor jedem der Konzertbesuche arbeitete er die Partituren akribisch durch, nahm sie zur Aufführung mit und verfolgte, selbstvergessen und nur auf die Musik konzentriert, jeden Takt. Dann vergaß er alles um sich herum, war meilenweit weg und saß doch direkt neben seinem Mädchen. In solchen Momenten fragte sie sich, weshalb er sie überhaupt mitgenommen hatte. Hätte sie ihm diese Frage gestellt, wäre Streit die Folge und der Abend versaut gewesen.

Allmählich erkannte Eve, dass Jeffs Kenntnisse in Bezug auf Frauen weit weniger umfangreich waren, als sein Wissen über Autos und Opern. Etwa ähnlich dürftig wie ihre Erfahrungen mit Männern. Trotzdem hätte sie, nachdem sie sich schon eine Weile kannten, gerne gewusst, wie er es fände, später einmal eine Familie zu haben. Doch jedes Mal, wenn sie das Thema auch nur vorsichtig antippte, gab es Differenzen.

„Ich war nicht so ein verzärteltes Einzelkind, wie du", hielt er ihr entgegen. „Mit fünf Geschwistern hab ich mich herumschlagen müssen. Nervtötend, eins wie das andere. Glaub mir, da ist dein Bedarf an Familie für lange Zeit gedeckt. Heiraten ist Ok, aber Kinder müssen wirklich so schnell nicht sein. Wenn ich erst mein Examen in der Tasche habe, werde ich bei genau dem Unternehmen einsteigen, bei dem ich das Geld für den Cadillac verdient habe. Dann, da wette ich meinen Arsch drauf, lass ich dir ein Traumhaus bauen, eines, das meiner Position, meinem Einkommen und erst recht unserer zukünftigen gesellschaftlichen Stellung entspricht und mit dem sich eine Ms. DelMare nicht zu schämen braucht. *Primissima* werden die Leute schwärmen, wenn sie davor stehen bleiben und vor Neid erblassen, wenn sie es bei einer unserer legendären Partys von innen sehen. Und wenn es dann wirklich sein muss, können wir später immer noch über bambini reden. Zuerst das Nest und dann die Küken. Capisci?"

An seine deftige Redeweise konnte Eve sich eigentlich nie richtig gewöhnen und an manches seiner Argumente auch nicht. Später machte sie sich oft Vorwürfe, nicht beizeiten auf die Alarmglocken gehört zu haben, wenn er mal wieder versuchte, sie mit Sprüchen oder seinem Imponiergehabe einzulullen.

Ihre Beziehung war noch jung, als er ihr seinen besten Freund Blake Baxter vorstellte, einen angehenden Mediziner, den er schon seit Schulzeiten kannte. Männern wie dem liegen die Frauen doch zu Füßen, dachte Eve und war überrascht, als sie hörte, dass er solo war. Seine liebenswert bescheidene Art hätte auch Schüchternheit sein können, doch nachdem sie ihn eine Weile beobachtet und die ersten Sätze mit ihm gewechselt hatte, erkannte sie, dass vermutlich seine Intelligenz der wahre Grund dafür war.

Mit hämischem Vergnügen forderte Jeff seinen Freund immer wieder zu Tennismatches heraus. Sein Genuss wurde gesteigert, wenn er Eve dazu bringen konnte, auf der Tribüne mitzuverfolgen, wie er seinen Gegner über den Sand scheuchte. Nicht selten brach er einen Streit vom Zaun, wenn er gesehen haben wollte, dass der gegnerische Ball die Linie nicht mehr oder gerade noch berührt habe oder ein

Netzroller gewesen sei und verlangte, dass Eve entscheide.

Und wehe, sie gab Blake Recht und nicht ihm.

Trotz der Macken, die an Jeff nicht zu übersehen waren, fand sie ihn als Mann in ihrer naiven Unerfahrenheit durchaus anziehend. Aufkeimende Zweifel an dieser Verbindung wischte sie schnell wieder beiseite. Was willst du blöde Kuh eigentlich, sei doch froh und dankbar, wenn sich ein Mann wie Jeff für so eine Bohnenstange wie dich interessiert. Er trägt dich auf Händen, betet dich an, er verwöhnt dich. Und schon drückte sie wieder einmal beide Augen zu und schämte sich, weil sie ihrer inneren Stimme so gut wie nichts entgegenzusetzen hatte.

Unmerklich fügte sie sich in die Rolle der Frau an seiner Seite, mutierte zum Vorzeigeobjekt, das er brauchte, um seinen gesellschaftlichen Status abzurunden. Dass er sie unter keinen Umständen auf seinen Geschäftsreisen dabeihaben wollte, verstand sie anfangs nicht. Doch als er immer wieder betonte, er könne sich neben seinen Verhandlungen so gut wie gar nicht um sie kümmern und wolle sie doch auch nicht irgendwo auf dem Balkan oder in Russland sich selbst überlassen, akzeptierte sie sein fürsorglich klingendes Argument.

Nicht lange und sie bedauerte immer weniger, wenn er wieder wochenlang weg war und freute sich kaum noch auf seine Rückkehr. War er ausnahmsweise einmal zuhause, häuften sich die Anlässe, wo sie sein großspuriges Auftreten, die Art, wie er sie behandelte, nicht mehr ertragen konnte. „Wahrscheinlich wäre es am besten, wir würden uns scheiden lassen", schleuderte sie ihm da einmal im Affekt entgegen. Ihre Aggressivität verblüffte sie selbst und machte ihr mehr Angst als ihm. Noch erstaunter war sie über seine Reaktion. Aufgebracht wie sie war, konnte sie sich jedoch auf keinerlei Zärtlichkeiten einlassen. Nicht mehr mit diesem Mann.

Wochen später, er war gerade von einer Reise nach New York zurückgekehrt, dauerte es keine zehn Minuten, bis sie wieder einmal heftig stritten. Eve fühlte sich überrumpelt, als er plötzlich in der Tür stand.

„Du hättest mich vielleicht mal anrufen und informieren können, wann du wieder nachhause kommst. Aber nein, der vielbeschäftigte Geschäftsmann hat es ja schon lange nicht mehr nötig, der eigenen Ehefrau derlei Informationen zukommen zu lassen", beschwerte sie sich. Diesmal nahm er weder den hingeworfenen Fehdehandschuh auf, noch unternahm er Beschwichtigungsversuche, sondern schnappte nur seinen Koffer, grinste sein überlegenes Siegerlächeln und verschwand grußlos. Vermutlich in sein Büro bei Rossley & Finch. Auf die Idee, es seiner Frau einmal zu zeigen, war er nie gekommen.

Ihn darum zu bitten war sie zu stolz.

Blake kannte die Örtlichkeiten und schwärmte von dem nobel aus-
gestatteten Büro im 23. Stock zu dem, wie er berichtete, auch ein
geräumiges Apartment mit herrlichem Blick gehört.

Eine Zeitlang unterstellte Eve den beiden Männern, gewisse heimli-
che Neigungen und hegte den Verdacht, von Jeff nur als Alibi benutzt zu werden. Doch je besser sie Blake kennenlernte, desto abs-
truser erschien ihr dieser Gedanke.

Seit jenem Vorfall war Jeff nie mehr zuhause. Eve wusste meistens
überhaupt nicht, wo auf der Welt er sich gerade herumtrieb. Sein Sekretariat schirmte ihn hermetisch ab, so dass sie es aufgab, dort anzu-
rufen. Keine drei Monate dauerte es nach diesem Vorfall, bis er von
ihrem Anwalt erfuhr, dass sie die Scheidung eingereicht hatte.

Dass sein Freund Jeff wieder ein paar Tage in der Stadt sein würde, freute Blake sehr. Weißrussland und Bulgarien seien die Hölle gewesen, hatte er in einem Telefonat angedeutet und seine Rückkehr avisiert. Nach all der Sitzerei, übermäßigem Essen und viel zu viel Alkohol habe er unbändige Lust auf ein knallhartes Tennismatch und auf ausgiebiges Quatschen.

„Du machst dir ja kein Bild, wie mühsam die Feilschereien mit den Russen sind", sagte er, „und wie viel Kraft es mich jedes Mal kostet, bis ich die Burschen endlich soweit habe, dass sie unterschreiben. Aber ich habe sie geknackt. Finch wird begeistert sein."

Als Eve zunächst stundenweise in Blakes Praxis mitzuhelfen begann, stieß das bei Jeff auf Unverständnis.

"Che vergogna - what a shame, eine Ms. DelMare hat das weiß Gott nicht nötig", war sein einziger Kommentar. Letztlich schien es ihm aber auch gleichgültig zu sein. Ob Jeff sich wirklich nicht vorstellen konnte, fragte sich Blake, dass für seine Frau, außer der Suche nach einer sinnvollen Beschäftigung vielleicht noch andere Beweggründe maßgeblich sein könnten, ausgerechnet bei ihm in der Praxis zu arbeiten? Nicht einmal mehr zu Eifersüchteleien war Jeff aufgelegt, die doch zu Studienzeiten immer wieder Anlass für herzhafte Streitereien gewesen waren. Dabei ging es früher oft gar nicht nur um Mädchen. Konkurrenz, gleich welcher Art, war schon immer ein Wesenszug der Freundschaft beider Männer gewesen. Wenn Jeff seinen

Freund einen dilettierenden Quacksalber und Pillendoktor schimpfte und im Brustton der Überzeugung behauptete, sein wirtschaftswissenschaftliches Studium sei für die Menschheit wesentlicher als die Medizin, konnte es, vor allem wenn Alkohol im Spiel war, tatsächlich vorkommen, dass er es auch körperlich auf Konfrontation anlegte. Danach gingen sich die beiden tagelang aus dem Weg. Immer war es Blake, der irgendwann nachgab, um eine Tauwetterperiode in ihrer Freundschaft einzuleiten. Schnell war immer auch alles wieder vergessen.

Auch als Jeff und Eve schon zusammen waren, unternahmen sie alle möglichen Aktivitäten oft auch zu dritt.

Bis Blake Caroline kennenlernte. Sie konnte Jeff von Anfang an nicht leiden, was auf Gegenseitigkeit beruhte. Vor allem blieb ihr unverständlich, weshalb Blake und dieser arrogante, streitsüchtige Kerl langjährige beste Freunde waren. Blake verstand es bisweilen selbst nicht, weshalb es ihm auch nie gelang, es ihr zu erklären.

Die Frauen wurden Freundinnen, fanden Paaraktivitäten doof und zogen es vor, unter sich zu bleiben. Geradeso wie ihre Männer.

Vom ersten Tag an, an dem in seiner Praxis arbeitete, wurde Eve für Blake immer unersetzlicher. Sie ist Kummerkasten, Seelentrösterin und einfühlsame Begleiterin seiner Patienten.

„Damit hilfst du manchen Menschen mehr, als ich mit meinen Medikamenten", sagt Blake immer wieder, wenn er sieht, wie sie den

Menschen geduldig zuhört und ihnen Ratschläge gibt, sie tröstet, sie auch einmal in den Arm nimmt, ihre Tränen trocknet.

Es beeindruckt ihn bis heute, wie perfekt sie lügen kann, wenn Patienten anrufen und er nicht in der Praxis ist, sondern auf dem Golfplatz oder beim Tennis. *Der Herr Doktor macht den ganzen Nachmittag Hausbesuche* oder *der Herr Doktor wurde vor wenigen Minuten zu einem Notfall gerufen, da werden Sie bestimmt verstehen, dass ich Ihnen erst für morgen einen Termin geben kann.* Ihr glauben die Patienten einfach alles.

Weil ihr zuhause die Decke auf den Kopf fiel, wenn Jeff wochenlang auf Geschäftsreise war, bedeutete für Eve die Praxisarbeit eine willkommene Abwechslung. Vom ersten Tag an ging sie darin auf, zeigte außerordentliches Geschick. Mittlerweile bedarf es zwischen ihr und Blake keiner Worte, wo ein kurzer Blick genügt. Sie weiß, dass Blake sich nach wie vor mit Jeff trifft, wenn er in der Stadt ist, sie Tennismatches austragen wie die Bekloppten oder Männerabende veranstalten. Dann macht sie sich unsichtbar und versucht, Jeff nicht zu begegnen.

Wenn im Freundes- oder Bekanntenkreis jemand nach Jeff fragt, reagiert sie ungerührt und stereotyp. Seit unserer Trennung haben wir uns nicht mehr gesehen und das ist gut so. Dieses Kapitel ist abgeschlossen. Ein für alle Mal. Arrivederci, finito, vorbei, imitiert sie dann die Ausdrucksweise ihres Ex und strahlt selbstbewusst. Blake ist jedes Mal so stolz auf sie, wenn sie das sagt und bewundert, wie sie sich nach der Trennung von Jeff entwickelt hat.

Dessen phantasiearme, emotionslose Haltung ihr gegenüber hatte er noch nie verstanden. Immer würde ihm unerklärlich bleiben, wie einer jahrelang mit einer Frau verheiratet sein konnte ohne zu begreifen, was für ein wunderbares Wesen sie ist. Dass Eve zuhause zu verkümmern drohte, während er mit irgendwelchen Geschäftsleuten in Arabien, Russland oder auf dem Balkan herum verhandelte, scheint dem Egozentriker nie in den Sinn gekommen zu sein. *Business first, Erster sein, als Sieger vom Platz gehen*, das ist Jeffs Ding. Immer schon gewesen. Ohne dass er es jemals gemerkt hätte, ließ Blake ihn auf dem Tennisplatz schon ab und an gewinnen, wenn er glaubte, sein Tenniskumpel brauche das jetzt, und keinerlei Lust verspürte, mit einem miesepetrigen Jeff den Rest des Tages zu verbringen.

War sein Flugzeug verspätet oder hatte er eine Umsteigeverbindung verpasst, überlegte Blake, als es im Hörer schon zum wiederholten Mal tutete und niemand abnahm. Nach abgründigem Husten eine Stimme, die entfernt nach Jeff klang, Rascheln und lautes Atmen.

„Na, alter Knabe, wieder im Lande", begann der Doktor das Gespräch, zweifelte allerdings, ob er sich nicht doch verwählt hatte und legte wieder auf. Zwei Patienten später versuchte er es erneut. Diesmal wurde das Gespräch nach zwei- oder dreimaligem Läuten angenommen.

„DelMare", meldete sich Jeff mit dünner Stimme.

„Was ist los mit dir, hast du noch Restalkohol oder was ist? Wie wär's denn mit einem kleinen, knackigen Match so gegen Abend? Ich schätze, du wirst chancenlos sein, weil ich dich in zwei Sätzen fertig mache", drehte Blake auf, um Jeff aus der Reserve zu locken. Dass sein Freund auf diese Provokation nicht sofort ansprang, machte ihn stutzig.

„Bin schon fertig, Medizinmann", hauchte es kraftlos aus der Hörmuschel, „kannst mal mit deinem Köfferchen bei mir vorbeikommen, ich brauche was, das mich wieder auf die Beine bringt."

„Wie stellst du dir das vor, das Wartezimmer sitzt voll, ich kann nicht eben mal so verschwinden."

„Sag doch deiner Sprechstundentussi, du wurdest zu einem Sterbenden gerufen und musst dringend weg. Sollen die Patienten doch morgen wiederkommen, bis dahin sei derjenige entweder gerettet oder tot, auf jeden Fall hättest du dann wieder Zeit."
Um einen flapsigen Spruch war er noch nie verlegen gewesen, der alte Jeff mit seinem Galgenhumor.

„Na, so schlimm kann es ja wohl nicht sein, wenn du zu solchen Späßen aufgelegt bist. Also gut, in der Mittagspause werde ich kurz nachsehen, was mit dir los ist. Tu mir bitte den Gefallen und stirb nicht bis dahin. Wär wirklich schade um dich!"

„Nur keine falschen Hoffnungen. Ich werde durchhalten, du Arschloch", war die ermutigende Antwort.

Der Dezember vor zwei Jahren war einer der widerlichsten Dezember, an die sich Eve erinnern konnte. Nass und ungewöhnlich schneearm. Feuchtwarme Luftmassen wechselten sich ab mit Kälteeinbrüchen und an manchen Tagen wollte es gar nicht richtig hell werden.

Der Wagen sah furchtbar aus. Das Foto in der Zeitung zeigte, wie ein Kran das Wrack aus dem Fluss hob. Der angegurtete Leichnam auf dem Fahrersitz war deutlich zu erkennen. Es müsse schnell gegangen sein. Sie sei nicht ertrunken, sondern habe im eiskalten Wasser einen Herzschlag erlitten. Ihr Gesichtsausdruck habe keinen Todeskampf erkennen lassen, versuchte Blake sich selbst und Eve zu trösten, nachdem er seine tote Frau in der Gerichtsmedizin hatte identifizieren müssen.

Oft waren ihre Ehemänner Thema der Gespräche zwischen Eve und Caroline gewesen. Mehr als einmal habe sie gezweifelt, klagte Caroline, ob Blake der richtige Mann für sie sei. Aber jedes Mal hätten sie sich irgendwie wieder zusammengerauft. Eve hatte aus diesen Gesprächen lange Zeit Zuversicht im Blick auf ihre eigene Ehe geschöpft, bis sie sich eingestehen musste, dass diese Hoffnung trog. Sie war untröstlich, unter welchen Umständen ihre neue Freundschaft nun so schrecklich enden musste. Caroline fehlte ihr unendlich. Blake ging es nicht anders. Jeder von ihnen war auf seine Weise verwaist und einsam. Jeff war wieder einmal nicht da. Weiß der Kuckuck, wo in der Weltgeschichte er gerade wieder steckte. Eve war es egal geworden. Sie vermutete, dass er bloß keine Lust hatte, extra wegen dieser Beerdigung nachhause zu fliegen. Die Verhandlungen zu unterbrechen, sei vollkommen unmöglich und nicht zu verantworten gewesen, behauptete er später. Sie hatte fein hingehört und kannte ihn gut genug um zu wissen, wie feige und was für ein schlechter Lügner er war.

Blake bedankte sich aufrichtig für Eves Hilfe und Beistand. Es war ihm anzumerken, dass er beim Verlust seiner Frau den besten Freund an seiner Seite schmerzlich vermisst hatte. Inzwischen war ihm aber klar geworden, dass Jeff nicht annähernd in der Lage gewesen wäre, ihm in einer Weise beizustehen, wie Eve es getan hatte. Allein dafür sei er ihr ewig dankbar. In den Tagen nach Carolines Beisetzung war Blake fahrig und unkonzentriert.

„Ich kann doch unmöglich die Praxis schließen, bis alle Formalitäten und der ganze Versicherungskram erledigt sind", stöhnte er.

„Doch, das kannst du, wenigstens tageweise", widersprach Eve, „und mit den Formalitäten helfe ich dir."

Glücklicherweise scheuten sich in den ersten Wochen nach dem Unfall viele Patienten, den frisch verwitweten Doktor wegen irgendeines Wehwehchens zu konsultieren, und die Praxis hatte deshalb einige Wochen lang weniger Zulauf. Das legte sich wieder, sobald Gras über die Sache gewachsen war. Nach Ende der Sprechstunde saßen Eve und Blake manchen Abend zusammen, wälzten Aktenordner mit Versicherungspolicen, erledigten Korrespondenz mit Ämtern,

Versicherungen und Banken und verschickten Danksagungen. Eves Anwesenheit tat ihm gut, er wurde ruhiger und schon bald war Blake fast wieder der alte. In diesen Stunden sprachen sie wenig, jeder war froh, alle Hände voll zu tun zu haben und wenn sie feststellten, dass nichts Essbares mehr im Kühlschrank war, bestellten sie was vom Pizzamann.

„Wo treibst du dich rum, verdammt nochmal?", blaffte Jeff an einem dieser Abende ins Telefon. Er behauptete zumindest, noch immer irgendwo in Russland zu sein, wo genau, behielt er für sich.

„Seit Stunden versuche ich, dich zu erreichen." Sein Tonfall war ein einziger Vorwurf. „Ich brauche dringend die Bankverbindung von Mitch. Und zwar *subito*".

Obwohl es längst nicht das erste Mal war, dass er nicht einmal mehr *bitte* sagte, störte es Eve noch immer.

Als sie wahrheitsgemäß erwähnte, bei Blake zuhause zu sein, um ihm mit den vielen Formalitäten und beim Sichten von Carolines Nachlass zu helfen, ließ ihn das völlig kalt. Seine arglose Gleichgültigkeit beleidigte sie zutiefst. Nicht die Spur eines Verdachts, keine Eifersucht, keinerlei Fragen, nichts. Es war ihm nicht nur einerlei, was zuhause vor sich ging, seine eigene Ehefrau und alles, was sie tat, war ihm mittlerweile vollkommen gleichgültig geworden. Das Gespräch so rasch wie möglich zu beenden, war sein einziges Interesse. Möglichst bevor Eve ihn fragen konnte, ob er Blake nicht wenigstens telefonisch sein Beileid aussprechen wolle. Mehr als einmal hatte sie schon erlebt wie er grob wurde oder panisch reagierte, sobald er merkte, Situationen nicht gewachsen zu sein und keine Handlungsalternativen sah. In diesem Fall befürchtete er wohl beides.

Noch nie zuvor war ihm Ähnliches passiert. Der kurze Wortwechsel mit Blake am Telefon, strengte ihn irrsinnig an. Der alte Quacksalber würde ihm sicher helfen können, spekulierte er. Ein paar Tabletten oder eine Spritze würden ihn schon wieder in die Lage versetzen, dem Burschen zu zeigen, wer beim Tennis der Boss auf dem Court ist. Gegen Mittag klingelte es. Jeff versuchte noch nicht einmal aufzustehen. Die Funksteuerung zum Öffnen der Eingangstür lag zum Glück auf dem Nachttisch. Es war Blake.

„Na, haben sie es jetzt doch geschafft, dich unter den Tisch zu saufen, deine Russen? Irgendwann findest auch du mal deinen Meister, ich hab´s dir ja immer prophezeit", tadelte er noch bevor er Jeff begrüßte. „Hab wenig Zeit, also, mach´s kurz, was fehlt dir"?

„Wenn ich das wüsste, hätte ich dich nicht gerufen, du Blödmann." Jeff empfand es als Gipfel der Demütigung, wie Blake da aufrecht am Bett stand und besorgt auf das schmerzgekrümmte Bündel Elend herunterblickte, das die Faust in den Bauch gepresst hielt. Umständlich öffnete Blake den Untersuchungskoffer, hörte Jeffs Lunge ab, fühlte seinen Puls, maß den Blutdruck, und natürlich entgingen ihm auch die Schweißperlen auf der Stirn des Patienten nicht. Noch einmal erkundigte er sich in nüchternen Worten nach den Beschwerden und wollte wissen, was sein Freund in den letzten Stunden zu sich genommen hatte. Sein Gesicht ließ nicht erkennen, ob er wenigstens eine Idee hatte, was mit Jeff nicht stimmen könnte.

„Ich gebe dir fürs Erste ein Beruhigungs- und ein Schmerzmittel, damit du schlafen kannst. Manches erledigt sich ja bekanntlich im Schlaf. Will dir vorher noch Blut abnehmen. Wenn wir die Ergebnisse haben, sehen wir weiter. Ich schätze, du bist total überanstrengt und brauchst vor allem Ruhe und eine Mütze Schlaf. Jedenfalls kannst du dir ein Tennismatch für den Moment abschminken. Du hättest sowieso keine Chance gegen mich, so, wie du derzeit beieinander bist."

Jeff fand diese süffisant vorgebrachte Bemerkung geradezu unverschämt und hätte Blake am liebsten eine reingehauen. Mit Bedauern musste er akzeptieren, dass ihm die Kraft dazu fehlte und schlief, unmittelbar nachdem Blake gegangen war, wieder ein.

Der Abend, an dem er vor Jahren kurz vor der Sperrstunde das erste Mal die Kneipe betrat, wird ihr immer im Gedächtnis bleiben. Wie jeden Abend war die Bar total verqualmt. Nur wenn die Tür kurz geöffnet wurde, weil Gäste gingen oder kamen, verirrte sich ein Schwall frischer Luft in das verräucherte Gewölbe.

Noch bevor er sich an den alten, ehemals weißen Flügel gelehnt hatte, der schon damals mitten im Raum stand, zog der Neuankömmling sofort die Blicke aller Anwesenden auf sich. Einer wie er verirrte sich selten in diese Kaschemme. Wie jeden Abend saß Vitali am Flügel. Er ist ein mittelmäßiger Pianist, besitzt aber ein untrügliches Gespür für den jeweiligen Gemütszustand der Gäste und wählt die Stücke treffsicher danach aus. Es sind überwiegend melancholische russische Weisen, die er Abend für Abend spielt. Werft- und Dockarbeiter, ausnahmslos Emigranten, sind das Stammpublikum der Bar.

Dem neuen Gast fehlten nicht nur diese kantigen slawischen Gesichtszüge. Allein der adrette Businessanzug und seine gepflegte Erscheinung machten ihn in dieser Umgebung zum Exoten. Nachdem er gedankenversunken Vitalis Spiel eine Weile gelauscht und oberflächlich durch den Notenstapel auf dem Instrument geblättert hatte, bahnte er sich einen Weg durch den Qualm bis zur Theke.

Er bestellte einen Wodka. „Du wirst doch kein Alkoholproblem haben?", flachste die Lady hinter dem Tresen, um den Paradiesvogel aus der Reserve zu locken.

„Trink halt einen mit, ich lade dich ein", konterte er schlagfertig.

„Aber *do dna- bis zum Boden!* „

„Russe bist du ja wohl nicht, woher weißt du, dass man in Russland Alkoholiker daran erkennt, dass sie Wodka alleine trinken und dass man *do dna* sagt, wenn man sich zuprostet", wollte sie wissen. Er sei viel im Ostblock unterwegs. Vor allem in Russland. Geschäfte. Mehr wollte er nicht sagen und mehr wollte sie auch nicht wissen.

„Jeff", stellte er sich vor, reichte ihr die Rechte. Sein Händedruck währte einen Sekundenbruchteil zu lange, um belanglos zu sein. „Westküste. Oregon", präzisierte er auf Nachfrage.

Einen Ring trug er nicht.

Da alle Gäste sie Kathy nannten, war es unnötig, sich ihm förmlich vorzustellen. Er gefiel ihr, keine Frage. Nicht nur, weil er kein Landsmann war.

„Aber du bist keine Russin. Jede Wette!", entlarvte Jeff sie nach dem dritten Wodka. „Das kannst du nicht verbergen."

Augenzwinkernd gab sie zu, tatsächlich Katharina zu heißen, aber die Amis seien unfähig, das richtig auszusprechen. „Komm bloß nicht auf die Idee, mich Katinka zu nennen", warnte sie ihn halb scherzhaft. „Nur meine Eltern durften das zu mir sagen."

„Katharina ist auch viel schöner!

War das nicht die russische Zarin, die ihren eigenen Mann ermorden ließ und dafür bekannt war, ständig wechselnde Liebhaber gehabt zu haben", witzelte Jeff beziehungsreich und versuchte dem Gespräch eine gewisse Richtung zu geben.

Der will mit dir ins Bett, war ihr erster Gedanke. Aus der Fassung brachte sie das nicht. Fast jeden Tag will das einer von den versoffenen Typen. Nachdenklich machte sie nur, dass sich trotz der Eindeutigkeit seiner Anzüglichkeiten kein grundsätzlicher Widerstand in ihr regte. Sie bedachte seinen Vorstoß diplomatisch mit einem mehrdeutigen Lächeln. *Sieh dich vor, mein lieber Freund,* warnte ihr Blick. *Frauen meines Alters kennen die Männer.*

Nachdem Vitali und die letzten Gäste gegen 4 Uhr früh gegangen waren, hing er noch immer an der speckigen Theke, half sogar noch beim Leeren der randvollen Aschenbecher. Kathy löschte alle Lichter, schaltete die Alarmanlage scharf und verschloss den Laden von außen. Erst als sie die schmale Metalltreppe aus dem Souterrain in die unwirtliche, kalte New Yorker Winterdämmerung hinaufstiegen, unternahm er einen unbeholfenen Versuch sie zu überreden, mit ihm ins Hotel zu kommen. Sie hätte nicht sagen können, was sie dazu brachte, abzulehnen.

„Bring mich nachhause und bleib die Nacht bei mir", sagte sie stattdessen.

Diesen hirnverbrannten Kreaturen, die hart arbeitende Menschen mitten in der Nacht aus dem Tiefschlaf reißen, sollte man den Hals umdrehen. Als das Telefon nicht aufhören wollte zu läuten, hob er ab und legte gleich darauf wieder auf.

Immer wieder träumte er diesen gleichen Traum und nie wollte er die Wärme des Bettes, dieses beruhigende Gefühl von Ruhe und Geborgenheit im Traum zurücklassen. Dieser Traum begann immer damit, wie sie früh morgens die Bar verlassen hatten und bei Eiseskälte und Schneegestöber auf der Straße standen. In seinem versoffenen Kopf hatte er sich damals tatsächlich eingebildet, sie warte nur darauf gefragt zu werden, ob sie mit auf sein Hotelzimmer komme. Was das für eine blamable Vorstellung geworden wäre, verschweigt der Traum rücksichtsvoll. Dennoch wünschte sich Jeff schon damals nichts sehnlicher als ihr Einverständnis. Sie aber lehnte ab. Stattdessen bat sie ihn, sie nachhause zu begleiten.

Angetrunken wie sie waren, aneinandergeklammert, kichernd und sich gegenseitig zur Ruhe gemahnend, bewältigten sie nur mit Mühe die steile Treppe zu Kathys Wohnung. Das Apartment bestand aus einem einzigen großen Raum, dessen Luft man anmerkte, dass die zugeschneiten Dachfenster wohl schon längere Zeit nicht mehr geöffnet worden waren. In der Mitte ein Tisch mit einer angebrochenen Flasche Wein, daneben ein Aschenbecher und ein Blumenkadaver in einer Vase ohne Wasser. Das ungemachte Bett unter der Dachschräge. In Ermangelung anderer Sitzgelegenheiten nahmen sie, darauf Platz und tranken wechselseitig direkt aus der Flasche. Auch worüber sie sprachen und ob es zu mehr, als zu harmloser Fummelei gekommen sein könnte, behält der Traum diskret für sich. Aber die Erinnerung an Kathys weichen, üppigen Körper, ihren Duft und das Timbre ihrer melodischen Stimme lassen Jeff selbst in unruhigen Nächten schließlich doch noch zur Ruhe kommen und verschaffen ihm dieses wohlige Gefühl, das ihn in jener ersten Nacht umfing und seither nie wieder losließ.

Der Anrufer ist hartnäckig, versucht es erneut, bis Jeff schließlich abnimmt. „Praxis Dr. Baxter, einen Augenblick bitte", meldet sich eine sachliche, weibliche Stimme, die ihm entfernt bekannt vorkommt. „Ich verbinde." Verlegenes Räuspern am anderen Ende.

„Bist Du es, Jeff? hier ist Blake. „Hör zu, die ersten Ergebnisse der Blutuntersuchung sind gerade vom Labor gekommen."

Einen wie den haut so schnell nichts um, der hat die Dinge im Griff, war ihr erster Gedanke, als Jeff die Bar betreten hatte und mit seiner weltmännischen Aura wortlos den Raum beherrschte. Sein Anzug, keine Konfektionsware, das fiel ihr sofort ins Auge, noch bevor sie seine gepflegten Hände bemerkte und bei der Begrüßung ihre Weichheit spürte. Nicht, dass er rein äußerlich einem Vergleich mit Richard Gere standgehalten hätte, aber dass er hässlich ist, kann man gewiss nicht sagen. Auch sie ist ja nicht gerade ein Topmodel, das meldet ihr Badezimmerspiegel täglich schonungslos zurück. Aber für ihr Alter, fand sie, sehe sie noch durchaus passabel aus. Und ein wenig zurechtgemacht noch nicht einmal unansehnlich.

Als sie ihn das erste Mal unter der Dusche sah, war sie ein wenig enttäuscht. Schon damals wirkte Jeffs schwach behaarter Körper zwar stämmig doch nicht sonderlich muskulös. Ein leichter Bauchansatz und etwas Hüftspeck waren nicht zu übersehen. Sobald er seine maßgeschneiderte Hülle ablegt, ist er ein anderer. Nicht mehr der geschniegelte, clevere Geschäftsmann. Nackt wirkt er zart, schutzbedürftig und verletzlich wie ein Kind. Wenn er sich in ihrem Bett an sie drängt, erinnert sie das immer an ihren Jungen.

Das behält sie natürlich für sich.

Auch von dem Jungen erzählte sie ihm nichts. Kaum ein Tag, an dem der Wirbelwind nicht von einem Baum oder einer Mauer gefallen war, sich an einem Stacheldraht verletzt hatte oder mit aufgeschlagenen Knien nachhause kam. Dann kroch er, nachdem sie ihn verarztet und sein Großvater ihn übers Knie gelegt hatte, gern unter ihre Decke und aus dem Wildfang von eben wurde der zarte Junge, der er in Wahrheit war. Was wohl aus ihm geworden sein mag? Die Großeltern sind sicher längst tot. Aber in ihrer Erinnerung ist ihr Junge noch immer der kleine Bengel von einst.

Es musste damals alles sehr schnell gehen, und als sie endlich in Sicherheit war, wagte sie zunächst nicht, ihren Eltern zu schreiben, aus Angst, man würde sie hier aufspüren. Als sie es nach Jahren schließlich doch tat, kam der Brief nach Wochen mit vielen Stempeln auf dem ohne Sorgfalt wieder zugeklebten Umschlag zurück.

Der Gedanke, nicht zu wissen, was aus dem kleinen Jurka geworden ist, und ob ihre Eltern noch leben, quält sie bis heute. Das abgegriffene Foto von den Dreien, das ihr bei der Einwanderungsbehörde versehentlich nicht abgenommen hat, ist alles, was ihr von zuhause geblieben ist. Wenn Gewissensbisse sie peinigen, sitzt sie weinend davor oder drückt es voller Inbrunst an sich. Für den Moment hilft das ein wenig, taugt aber nicht, um die Erinnerungen vergessen zu machen.

„Meine Eltern", erklärte sie beiläufig, nachdem sie einmal vergessen hatte, das Foto wegzuräumen und Jeff es wortlos aber eingehend betrachtete und sie fragend ansah.

Mehr erzählte sie ihm nicht und er bedrängt sie auch nie, will nicht wissen, warum sie hier ist, mäkelt nicht an ihr herum und nimmt sie so, wie sie ist.

Auch das gefällt ihr an ihm. Sie will ihn und ihre Beziehung nicht mit ihren alten Geschichten belasten.

Wenn er für ein paar Stunden hier bei ihr in New York ist, sind nur sie beide wichtig. In seiner Nähe gelingt es ihr manchmal zu vergessen und nur im Augenblick zu sein. Manche Nacht, die sie seither verbrachten, waren sie einander wortlos genug.

Also, was mir bisher an Blutwerten vorliegt, gibt zum Prahlen keinen Anlass", war alles, was Blake am Telefon ausspuckte. „Ich erklär dir das lieber persönlich. Du kannst ja mit den einzelnen Werten sowieso nichts anfangen, ohne die Zusammenhänge zu kennen."

Schon wieder störte ihn dieser überhebliche Ton, den Blake immer dann draufhatte, wenn er den Doktor raushängen ließ.

„Ok, Ok, großer Medizinmann, mach es nicht so spannend, beweg deinen Allerwertesten in meinen Wigwam und lass mir Erleuchtung zuteilwerden", versuchte Jeff zu scherzen, obwohl ihm ganz und gar nicht danach war.

Diesmal kam Blake gegen Abend mit seinem kleinen Visitenköfferchen.

Und er kam nicht allein.

„Hi Jeff", war alles, was Eve zur Begrüßung sagte und dabei einen Infusionsständer ins Zimmer schob.

„Du hast ja nun schon eine Weile nichts zu dir genommen, deshalb fehlen dir dringend ein paar Elektrolyte", erklärte Blake sachlich und tat so, als sei es das Normalste auf der Welt, in Begleitung der Exfrau seines Freundes hier aufzutauchen. Ohne großen Aufhebens legte er die Kanüle.

Eve hängte den Beutel an das Gestell und Jeff verfolgte sprachlos, wie in rascher Folge Tropfen für Tropfen aus der Flasche in seiner Armvene verschwand.

„Wir bleiben hier, bis das Zeug durch ist", meinte Blake. „Derweil können wir mal über deine Blutwerte reden und darüber, wie die Sache denn nun weitergehen könnte. Einverstanden?"

Voller Argwohn beobachtete Jeff, wie Eve sich im Raum umsah. Es nervte ihn unsäglich, den beiden so hilflos ausgeliefert zu sein. Und dann auch noch Blakes professorales Geschwätz! *Bin doch kein Kind, das sich bedingungslos zu fügen hat*, grummelte es in ihm.

Eve stand dicht an der großen Fensterfront, wandte den beiden Männern den Rücken zu und blickte schweigend hinunter auf die Stadt. Ihre hagere Silhouette zeichnete sich deutlich vor dem Herbsthimmel ab. Noch war es nicht nötig, Licht einzuschalten. Blake rückte einen Stuhl neben Jeffs Bett und machte Anstalten, ihm den Puls zu messen.

„Wie oft denn noch", maulte der und entzog dem Doktor unwirsch den Arm.

„Deine Blutwerte sind unter aller Sau, mein Lieber. Möchte nicht wissen, was du in den letzten Wochen alles getrieben hast", tuschelte Blake vertraulich, als wolle er vermeiden, dass Eve es mitbekommt. „Aber eines kann ich dir jetzt schon sagen: nur vom Alkohol kann es nicht sein." Kaum setzte die Wirkung der Infusion ein, war Jeff anzumerken, wie neuer Kampfgeist in ihm erwachte.

Blake bemerkte das sofort. Mit zwei Fingern drückte er den kranken Freund wieder zurück in seine Kissen und raunte, ohne ihn anzusehen: „Ich will keine Gäule scheu machen, halte es aber für sinnvoll, du würdest dich für ein paar Tage in eine Klinik begeben, um weitere Tests und Untersuchungen machen zu lassen. Kann sein, meine vagen Vermutungen lösen sich in Luft auf, aber falls nicht, ist es besser, du bist in den Händen von Spezialisten."

„Du bist mir wirklich eine große Hilfe, das muss ich schon sagen", schleuderte Jeff ihm entgegen. „Und ich Idiot hab immer geglaubt, du wärst der große Zampano, hättest im Studium ein bisschen was gelernt und es zu mehr gebracht, als zu einem Feld-Wald-und-Wiesen Heilkünstler. Und jetzt kommst du mir mit so was. Weißt du was, wenn du deine Praxis mal zwei Wochen zumachst, gehen die Leute zum Quacksalber um die Ecke oder kurieren sich selbst, aber bei mir, mein Bester, geht das nicht. Wie stellst du dir das denn vor? In ein paar Tagen geht mein Flieger nach Irkutsk. Bis dahin muss ich wieder fit sein. Da geht es um Millionen, Mann!"

Blakes Schweigen machte Jeff nur noch zorniger. Ohne in irgendeiner Weise auf Jeffs ungeheuerliche Vorwürfe einzugehen, widmete der sich in aller Seelenruhe dem Inhalt seines Arztkoffers, sortierte gelangweilt irgendwelche Ampullen, prüfte das Ablaufdatum, zählte die Kanülen, die er in den zahlreichen Seitentaschen des Behältnisses entdeckte und ließ Jeffs Schimpfkanonade an sich abtropfen wie ein aufgespannter Regenschirm. „Unfähiger Schlappschwanz", trat Jeff nach in der Absicht, Blake damit wenigstens ein bisschen zu provozieren. „Ein Weichei bist du doch schon immer gewesen", redete er sich in Rage.

„Beim Tennis sowieso und sonst auch." Doch was er auch versuchte, es gelang ihm nicht, den mitleidig lächelnden Freund aus der Reserve zu locken. Flache Strahlen der herbstlichen Abendsonne vergoldeten den Raum in dem die Luft zu brennen schien. Eves Silhouette löste sich langsam von den raumhohen Fensterflächen und näherte sich dem Krankenlager. Ihr Gesichtsausdruck blieb Jeff im Gegenlicht zwar verborgen, dennoch hatte er eine präzise Vorstellung davon. In Situationen, wie diesen, hatte er Eve schon mehrmals erlebt. Wie unglaublich sie sich dann unter Kontrolle hatte, machte ihm jedes Mal Gänsehaut.

„Komm Blake, lass uns gehen", sagte sie leichthin, gerade so, als wären nur sie allein im Raum. „Reisende soll man nicht aufhalten. Soll er doch versuchen, seinen Flieger zu besteigen. Das Gefühl, mal wieder seinen Kopf durchgesetzt zu haben, verleiht ihm vielleicht kurzzeitig die Kraft dazu. Spätestens wenn man ihn in Irkutsk auf der Straße aufklaubt oder er sich in einer Klinik dort wiederfindet, wird der Dickschädel seinen Fehler einsehen müssen. Wenn es dann nicht schon zu spät ist."

Eve hatte ausgesprochen, was Blake kaum zu denken wagte. Er bewunderte sie für ihren Pragmatismus. Hätte Jeff auf seinen ärztlichen Rat einsichtiger reagiert, statt mit ausfälligen Beleidigungen, wäre das ein weiterer Grund zu ernster Sorge gewesen. Blake kannte seinen Freund in- und auswendig und hatte nichts anderes erwartet. Aus genau diesem Grund hatte er Eve inständig gebeten, ihn zu begleiten, wohl wissend, wie schwer es ihr fallen würde. Auf ihn allein würde Jeff nicht hören, darauf hätte Blake wetten können. Aber mit Eves Hilfe, erhoffte er sich bessere Chancen, bei ihm durchzudringen.

Dennoch war er nun vollkommen perplex über die Abgeklärtheit, mit der sie die Sache auf den Punkt brachte. Schon als sie sich von Jeff scheiden ließ, hatte er ihre unsentimentale Entschlossenheit bewundert. Jetzt war er wieder einmal richtig stolz auf sie.

Als sein Arzt hätte er natürlich mit dem hippokratischen Eid argumentieren oder von unterlassener Hilfeleistung salbadern können. Aber er wusste, all das würde bei Jeff nicht verfangen. Umso bereitwilliger folgte er Eves Vorschlag, raffte seine Utensilien zusammen, erklärte dem Patienten, was zu tun sei, wenn die Infusion durchgelaufen ist, und wandte sich zum Gehen. Über eine Ansichtskarte aus Irkutsk würde er sich freuen, grinste er, und im Übrigen sei er während der Praxiszeiten jederzeit erreichbar. Seine Privatnummer sei ja ebenfalls bekannt, übernahm er Eves sarkastischen Ton.

Ohne dass Jeff es sehen konnte, zwinkerte Eve ihm amüsiert zu, hakte ihn unter und beim Verlassen des Zimmers mussten sich die beiden heftig zusammennehmen, um ernst zu bleiben.

Draußen vor der Schlafzimmertür legte sie, noch immer kichernd, ihre Hand auf Blakes Mund, öffnete ein wenig die Wohnungstür und ließ sie kurze Zeit später von innen wieder ins Schloss fallen.

Jeff sollte glauben, sie seien gegangen.

„Scheiße, Scheiße, Scheiße!", fluchte Jeff und schleuderte die Worte ins Zimmer. Zwecklos, denn wer hätte ihn schon hören können. Reglos blieb er auf dem Rücken liegen und dachte nach. Soweit kommt es noch, dass ich mich mehrere Tage in der Klinik auf den Kopf stellen lasse. Das weiß man doch, irgendwas finden die Weißkittel immer. Dein Geld ist alles, was sie von dir wollen.

Schön und gut - vielleicht war er Blake gegenüber ein wenig zu weit gegangen, hatte sich zu grob ausgedrückt. Im Kern aber war er davon überzeugt, dass er recht hatte. War es denn wirklich nötig, ihn in seinem abgewrackten Zustand ausgerechnet auch noch vor seiner Exfrau zu blamieren. Typisch Blake: Taktlos, hirnlos, gedankenlos. Und Eve, immer noch die eisige Unberührbare, mit der er einmal verheiratet war. Dass sie nach Carolines Tod jetzt in Blakes Bett gelandet war, hätte er sich denken können. Der wird schon noch merken, was er sich da eingehandelt hat, übte er gedankliche Rache, weil er das plötzliche Aufwallen von Eifersucht nicht wahrhaben wollte.

Die Infusion war inzwischen durchgelaufen, doch konnte er sich nicht mehr genau an Blakes Anweisungen erinnern. Mühsam, wie ein gebrechlicher Greis, wuchtete er seine Beine, eines nach dem anderen über die Bettkante, zog seinen bockigen Körper mit beiden Händen am Infusionsständer hoch und zweckentfremdete ihn als Stütze, um die Toilette zu erreichen. Als er sich endlich auf die Schüssel fallen ließ, spürte er, wie sein Kreislauf in den Keller sackte und ihm schwarz vor Augen wurde.

Sie waren keine zehn Minuten im Flur vor Jeffs Schlafzimmertür gestanden, als sie aus dem Inneren des Apartments einen dumpfen Schlag vernahmen, so, als sei ein schwerer Gegenstand mit Wucht zu Boden gefallen.

Eve löste sich aus Blakes Umarmung, zusammen stürzten sie zurück ins Schlafzimmer. Das Bett war leer. Im Bad fanden sie Jeff leblos auf dem Boden liegen. Nicht nur sein Pyjama war blutverschmiert, er hatte sich erbrochen und das ganze Badezimmer glich einem Schlachtfeld. Solange Blake bis zum Eintreffen der Ambulanz Lage und Kreislauf des Patienten stabilisierte, machte sich Eve daran, die unappetitlichen Spuren an Wand und Boden einigermaßen zu beseitigen.

Sie tat es nicht zum ersten Mal.

Vor Jahren schon waren sie gegen 3 Uhr morgens kurz davor, die Party zu verlassen. Jeff war schon vor Mitternacht reichlich betrunken gewesen, was sie veranlasste, die Wagenschlüssel aus der Tasche seines Jacketts zu nehmen. Als er es bemerkte, rastete er aus, überhäufte sie mit unflätigen, italienischen Flüchen und begann wie von Sinnen, Gläser und Geschirr nach ihr zu werfen. Das rüpelhafte, peinliche Benehmen ihres Mannes machte ihr Angst. Sie schämte sich in Grund und Boden mit diesem bezechten Arschloch verheiratet zu sein. Glück im Unglück, dass weder sie noch andere Partygäste zu Schaden kamen. Schließlich rutschte Jeff bei seiner Raserei so unglücklich aus, dass er über einen niedrigen Marmortisch krachte, der unter der Wucht des Aufpralls in der Mitte auseinanderbrach. In Sekundenschnelle war alles voller Blut.

Wild um sich schlagend versuchte er, sogar die herbeigerufenen Sanitäter abzuwehren, und noch lange Zeit später warf er Eve tausendmal vor, seine Einlieferung nicht verhindert zu haben. Er wäre verblutet, hätte man ihn damals nicht sofort notoperiert.

„Mr. DelMare, verstehen Sie mich?" Eine flache Hand klatschte ihm ins Gesicht. Fremde Finger zogen seine Augenlider hoch. Um ihn herum gleißendes Licht, weshalb er die Augen sofort wieder zukniff. Für den Bruchteil einer Sekunde nahm er verzerrte Gesichter vor hellblau gekachelten Wänden wahr, Stimmen. Rhythmische Piepstöne. Ihm war kalt.

Die gute alte Kathy hielt seine Hand und wärmte ihn, wie sie es immer tat, wenn er in ihrem Bett lag. Er täuschte sich doch nicht etwa? *Wieso ist sie nicht in New York? Oder bin ich in New York? Und wenn, ja, woher weiß sie, dass ich in der Stadt bin?* Fragen, auf die er so schnell keine Antwort fand, und mit jeder neuen Frage hatte er die vorherige bereits wieder vergessen.

Ach so, ja, wir sind in der Bar, fiel es ihm wieder ein. *Komm, trink einen Wodka mit mir, Katinka, do dna, do dna, do dna*, rief er ihr zu.

Jetzt, wo er gerade wieder glaubte, Orientierung zu haben, unterbrach irgend so ein blöder Typ ihre Zweisamkeit.

„Hallo, Mr. DelMare", rief die Stimme von eben erneut und wieder wusste er nicht, was er antworten sollte. Eine andere, ebenfalls männliche Stimme, klang vertrauter.

„Hallo, Jeff, mach die Augen auf, ich bin es, Blake! Kannst du mich verstehen? Brauchst nichts zu sagen, gib mir einfach ein Zeichen, das genügt."

Was macht denn der gute alte Blake hier? dachte er und hob bereitwillig den Arm.

Die Stimmen rings herum wurden lauter, wie immer zu vorgerückter Stunde an der klebrigen Theke der Bar. Kathy war vollauf damit beschäftigt, alle zu bedienen. Nachher machen wir es uns zuhause gemütlich, mein Schatz, hörte Jeff sie lachend rufen und freute sich auf sie und ihr warmes Bett.

Auf der Fahrt zur Notaufnahme hatte Jeff ein paar Mal kurz die Augen aufgeschlagen, ungläubig, mit ziellosem Blick und versuchte immer wieder vergeblich sich aufzurichten. Noch im Ambulanzwagen informierte Blake den Notarztkollegen über seinen bisherigen Kenntnisstand. Unsicher, ob Jeff realisierte, wer er war, nannte Blake mehrmals seinen Namen in der Hoffnung, das würde ihm auf die Sprünge helfen. Stattdessen rief er nach einer gewissen Katinka, fuchtelte ziellos herum und beruhigte sich erst, als der Sanitäter seine Hand zu fassen bekam.

Schon bald nach Jeffs Einlieferung ging Blake nachhause, wo Eve auf ihn wartete. Zwei Tage später informierte der Stationsarzt seinen Kollegen Baxter telefonisch über die Ergebnisse der inzwischen durchgeführten Untersuchungen. Sie erhärteten den Anfangsverdacht weitgehend. Der Patient sei inzwischen wieder einigermaßen klar und ansprechbar.

„Ich wäre Ihnen überaus dankbar, Kollege Baxter, Sie könnten es einrichten, im Verlauf des Tages einmal vorbeizuschauen", bat er ihn.

„Sie kennen Ihren Freund besser als ich und wissen, wie wir es ihm am besten beibringen können", meinte der junge, im heiklen Patientengespräch offensichtlich noch unerfahrene Kollege.

Blake zögerte, Eve erneut zu bitten, ihn zu begleiten. Nachdem er den Hörer aufgelegt hatte, kam sie ins Sprechzimmer, schaute ihm ins Gesicht und las darin alles, was sie wissen musste.

"Wenn du willst, begleite ich dich", sagte sie und strich ihm durchs Haar.

Die vermummte, mehrköpfige Delegation sollte ihn wohl beeindrucken, erklärte sich Jeff das enorme Personenaufgebot am Fußende seines Bettes. Warum Kathy dazu gehörte, war ihm noch immer ein Rätsel. Sie hielt eine Kladde mit verschiedenen Papieren und zeigte sie stumm den anderen. Genau wie diese, trug sie einen grünen Kittel, eine grüne Haube und Mundschutz, so dass von ihrem Gesicht nur die Augenpartie zu sehen war. Plötzlich war er sich nicht mehr sicher. Sie war so anders und reagierte überhaupt nicht, als er ihren Namen rief.

Zahlreiche Augenpaare wanderten zwischen ihm und den piepsenden Apparaten über seinem Bett hin und her. Unverständliches wurde gemurmelt, Köpfe gewiegt, die Bettdecke angehoben, sein Bauch betastet und seine Beine berührt. Einer der Umstehenden brüllte ihm ins Ohr, als wäre er taub.

„Mr. DelMare, wissen Sie, wo Sie sind?"

Eine andere Stimme wollte den Wochentag wissen und eine dritte, diesmal eine weibliche, säuselte

„Hi Jeff! Ich bin es, Eve. Und Blake ist auch hier. Du weißt doch, dein bester Freund." Offenbar hielten sie ihn alle für verrückt. Nicht anders konnte er sich das Spektakel erklären, das man hier mit ihm veranstaltete. Was sonst sollte die dämliche Fragerei bedeuten, sagte er sich und schloss indigniert die Augen.

„Ich glaube, er ist noch immer nicht soweit, dass wir es ihm sagen können", tuschelte die Männerstimme, die ihn eben noch angebrüllt hatte. „Er wird die Tragweite unserer Worte noch nicht verstehen können. Wir sollten es besser morgen noch einmal versuchen."

Die Stimmen verließen den Raum. Um sich zu vergewissern, ob wenigstens Kathy noch im Zimmer war, öffnete er verstohlen die Augen und war völlig von den Socken, Blake und Eve an seinem Bett zu sehen.

„Was für ein Affentheater führt ihr hier eigentlich auf? Habt ihr mich in die Klapse bringen lassen, damit ihr mich endlich los seid?"

„Jeff, du bist hier nicht in die Klapse, sondern im Vincent Memorial Hospital. Du bist in deinem Apartment zusammengebrochen. Kannst du dich denn an gar nichts mehr erinnern?", fragte Eve mit einer besorgten Sanftheit, wie er sie schon seit Jahren nicht mehr von ihr kannte.

„Jeff, deine Lage ist nicht rosig. Ich habe es dir ja schon bei meinem letzten Besuch angedeutet, wollte aber noch nicht mehr sagen, weil noch letzte Untersuchungen ausstanden", zog Blake das Gespräch an sich, als Telefonklingeln seine weiteren Ausführungen stoppte. Er nahm ab und reichte Jeff den Hörer.

„Hör mal, du Russenversteher, was muss ich da hören?"

„Keine Sorge, altes Haus", wiegelte Jeff ab und versuchte so normal wie möglich zu klingen.

„Ein kurzer Schwächeanfall nach der anstrengenden Reise, nichts weiter."

„Nach allem, was mir einer der Ärzte, ein gewisser Dr. Baxter, mitgeteilt hat, können wir das Ticket für dich nach Irkutsk canceln. Bob Mulligan soll rüber fliegen und die Leute wenigstens solange hinhalten, bis du wiederhergestellt bist", informierte ihn Finch. „Auf jeden Fall wirst du hier medizinisch besser versorgt als irgendwo sonst, da kannst du Gift drauf nehmen. Also, lass dich runderneuern und nimm die Finger von den Schwestern", verabschiedete er sich schal scherzend und legte auf.

„Dr. Baxter, Dr. Baxter - wie blöd ist das denn? Kannst du nicht deine verfluchte Klappe halten, anstatt mich bei meinem Boss zu verpfeifen? Schon mal was von ärztlicher Schweigepflicht gehört, du Stümper?"

Einer der Piepskästen registrierte seine Wut, wurde hektisch, die Zimmertür flog auf, eine grün vermummte Gestalt stob herein, fummelte an dem piepsenden Ding herum und manipulierte an einem der Schläuche, die, wie Jeff erst jetzt bemerkte, irgendwo unter seiner Bettdecke verschwanden.

„Regen Sie sich um Gottes Willen nicht auf, Mr. DelMare", wurde er in energischem Ton zurechtgewiesen, „das ist jetzt gar nicht gut für Sie."

Das Mittel wirkte schnell und schoss ihn im Handumdrehen aus der Umlaufbahn.

„Es geht mir gut, ich fühle mich prächtig, die Arbeit wartet und in ein paar Tagen besteige ich den Flieger nach Irkutsk" , begrüßte ihn Jeff am darauf folgenden Tag mit fester Stimme.

„Ganz bestimmt nicht", widersprach Blake, „du wirst es noch nicht einmal bis zum Flughafen schaffen, das garantiere ich dir."

„Willst du damit andeuten, dass ich demnächst tot umfallen werde oder was?", schnauzte Jeff zurück."

Blake traute sich nicht, mit einem klaren Ja zu antworten, obwohl es die ehrlichste Antwort gewesen wäre. Dass er jetzt aber drastisch deutlich werden musste, war ihm klar, wollte er wenigstens eine minimale Chance haben, den Widerstand seines Patienten zu brechen. Betont lässig, denn es ging ihm vollkommen gegen den Strich, sagte er nur.

„Kann schon sein. Wenn du weiterhin so unvernünftig und uneinsichtig bist, kann das durchaus sein. Wenn du Glück hast, heute noch nicht und auch nicht morgen, aber sagen wir mal, in einer Woche oder einem Monat, kann sein, auch erst in einem halben oder dreiviertel Jahr."

„Oder auch gar nicht oder wie oder was? Bist du jetzt unter die Wahrsager gegangen? Wo ist denn deine Glaskugel? Würfelst du noch oder arbeitest du schon mit Tarotkarten", steigerte Jeff sich in blinde Angriffswut.

„Jeff, ich habe keine Lust auf deine Scherze. Ich spreche jetzt zu dir als dein Arzt und erst in zweiter Linie als dein bester Freund. Als

Freund bin ich es dir schuldig, die ungeschminkte Wahrheit zu sagen. Als dein Arzt bin ich dazu verpflichtet. Und übrigens, weil du mir gestern vorgeworfen hast, die ärztliche Schweigepflicht gebrochen und dich bei Finch verpfiffen zu haben - da liegst du falsch. Als die Ambulanz dich aus deinem Apartment holte, kam er aus seinem Büro herüber und war entsetzt, als er das Blut sah und sein bestes Pferd im Stall auf der Trage abtransportiert wurde."

„Auch das noch!", entfuhr es Jeff mit einem resignierten Seufzer.

Er wich dem Blick seines Freundes aus und starrte teilnahmslos an die Decke.

„Und nun zum Ergebnis der Untersuchungen", ergriff Blake die Gunst des Augenblicks. Der Tonfall misslang ihm jedoch gänzlich, so dass sich das Ganze anhörte, wie die Überleitung eines Radiosprechers von den Nachrichten zur Wettervorhersage und nicht wie die Mitteilung eines ernsten ärztlichen Befundes. „Der Stationsarzt hat mich gebeten, es dir zu sagen. Sei froh, dass du nichts von all dem mitbekommen hast, was man mit dir seit deiner Einlieferung angestellt hat. Du hast einen enormen Blutverlust erlitten und hättest noch in deinem Badezimmer den Löffel abgegeben, wenn Eve und ich dich nicht rechtzeitig gefunden hätten. Da du dich weder geschnitten noch anderweitig äußerlich verletzt hast, müssen innere Blutungen die Ursache für deinen Zusammenbruch und das Blutbad gewesen sein. Die Laborwerte, die ich nach meinem ersten Besuch bei dir habe machen lassen, enthielten bereits erste

Verdachtsmomente, waren mir aber noch nicht eindeutig genug.

Inzwischen kennen wir die genauen Ursachen deines gegenwärtigen Zustands, die, wenn sie nicht behandelt werden, schon in überschaubarer Zeit zu dem führen können, was ich dir vorhin prophezeit habe."

„Bla, bla bla - I don´t give a shit about that! Ein Schwächeanfall, es ging mir für ein paar Stunden nicht besonders gut. Mag ja alles sein. Aber jetzt bin ich über den Berg, ich fühle es doch selbst am besten. Ich lass mir von euch Medizinmännern nichts einreden. Like hell I will! Selbst ihr könnt euch irren. Da braucht nur jemand absichtlich oder versehentlich Befunde vertauscht zu haben. So was soll ja vorkommen. Auf Säuglingsstationen sind schon Neugeborene verwechselt, bei Amputationen die falschen Beine abgesägt worden. Behalte deinen Schwachsinn doch für dich. Mein Leben lang hab ich auf mich gehört und das mach ich jetzt nicht anders. And now piss off! Ich will nichts mehr davon hören.

Ach und Danke für die Rettung", presste er noch gequält heraus, „verschwinde wieder in deine Praxis, ich melde mich bei Gelegenheit."

Kaum war Blake aus dem Zimmer, griff Jeff zum Telefon und wählte die Sekretariatsnummer von Rossley & Finch.

Amy wusste bereits Bescheid.

„Verdammt noch mal, wenn Amy es weiß, wissen es alle", fluchte er vor sich hin.

„Das ist ja schrecklich, Mr. DelMare", sülzte sie aufdringlich, ich hoffe, es geht bald wieder bergauf und Sie können..."

„Genau deshalb rufe ich an", unterbrach er sie. „Schick mir sofort einen Kurier mit den Unterlagen für das Projekt in Irkutsk. Und zwar ein bisschen plötzlich. Die Mappe liegt auf meinem Schreibtisch im Büro."

„Die hat aber schon Mr. Mulligan. Anordnung von Mr. Finch."

„Gosh! Dann hol die Mappe eben unter einem Vorwand von Mulligan zurück, kopier alles, bring ihm die Mappe wieder und lass mir die Kopien zustellen. Hast du das verstanden? Und wenn das jemand mitkriegt, weil du dämliche Kuh den Mund nicht halten kannst, werde ich persönlich dafür sorgen, dass demnächst im Sekretariat von Rossley & Finch eine Stelle frei wird."

Keine zwei Stunden später kam der Kurier und gab das Päckchen mit den Unterlagen ab. Sich auch das Flugticket bringen zu lassen, erschien ihm zu durchsichtig. Er wollte versuchen, direkt am Flughafen eines zu buchen. Bekäme er nicht sofort einen Flug, würde er eben ein Hotelzimmer nehmen.

Bei ihrem abendlichen Kontrollgang wollte die Nachtschwester ihm ein Schlafmittel verpassen, bestand aber nicht darauf, als er herzhaft gähnte und beteuerte, bereits todmüde zu sein. Kaum wieder allein, inspizierte er Kabel und Schläuche an denen er hing, stand mit wackligen Beinen auf, zog die Stecker der Apparate und auch sämtliche Infusionsschläuche. Mit Mühe erreichte er den

Schrank, um das Bordcase zu inspizierten, das jemand bei seiner Einlieferung für ihn gepackt haben musste. Den Bademantel warf er über die Schultern und schlich auf den Trolley gestützt, mehr recht als schlecht hinaus auf den Gang. Glücklicherweise war der Aufzug in Sichtweite. Höchstens zwanzig Schritte und kein Mensch weit und breit.

„Oh my God, Mr. DelMare!", überschlug sich die Stimme der Nachtschwester und aus den Augenwinkeln sah er gerade noch, wie sie zum Telefon griff.

„Vollidioten wie dich, sollte man umgehend in die Geschlossene stecken. Erwarte bloß kein Mitleid. Nicht von mir! Schade, dass du dir bei deinem Fluchtversuch nicht den Hals gebrochen hast, dann müsstest du jetzt für die nächste Zeit sauber eingegipst und bewegungslos im Bett liegen und hättest ausreichend Zeit darüber nachzudenken, was mit dir los ist. Tennis kannst du jedenfalls für eine Weile vergessen. Vielleicht sogar für immer. Ich werde mir jedenfalls einen neuen Partner suchen", schimpfte Blake.

Es klopfte und ein junger Arzt betrat das Zimmer. Sein Erscheinen hinderte Jeff fürs erste, Blake gehörig die Meinung zu sagen. Der schmächtige Nachwuchsmediziner könnte altersmäßig mein Sohn sein, dachte Jeff. Wenn er denn einen zustande gebracht hätte, hätte er ihn bestimmt niemals Medizin studieren lassen.

Rausgeschmissenes Geld. Einen ordentlichen Beruf hätte er ihn lernen lassen.

„Mr. DelMare", legte der blasse Jüngling los und glaubte wohl tatsächlich, seinem Patienten eine Standpauke halten zu können.

„So ein Ding wie gestern Abend will ich mit Ihnen hier nicht ein zweites Mal erleben. Wenn Sie sich unbedingt selbst in Lebensgefahr bringen wollen, ist das Ihre Sache. Nur tun Sie es bitte nicht hier. Gerne hätte ich Sie in ein paar Tagen bei einem ausführlichen Arzt-Patientengespräch in aller Ruhe über unseren Befund informiert. Leider haben Sie selbst dazu beigetragen, dass ich Ihnen schon jetzt, nach diesem peinlichen Vorfall, die volle Wahrheit nicht ersparen kann.

Alle unsere Untersuchungen haben gezeigt, dass ein Tumor im Bauchraum die Ursache Ihrer Beschwerden ist. Es scheint einer von der Sorte zu sein, der mit allen Mitteln versucht, Sieger zu bleiben. Genau das würden wir ihm gerne erschweren, indem wir versuchen, wenigstens sein Wachstum zu verlangsamen."

Es klang fürchterlich auswendig gelernt, was das schmächtige Jüngelchen da von sich gab. Lehrbuch Seite 11 bis 14: Über den richtigen Umgang mit Patienten.

Dann fuhr er in pastoralem Tonfall fort.

„Wir wollen erreichen, Ihre noch bevorstehende Lebensspanne einigermaßen angenehm und lebenswert zu gestalten. Alle notwendigen Maßnahmen erfordern Ihre uneingeschränkte Mithilfe und Einsicht in die Situation, in der Sie sich befinden. Sie können sicher sein, dass wir nichts gegen Ihren Willen tun werden. Wenn Sie es vorziehen, eine Behandlung abzulehnen, ist das Ihr freier Wille. Die moderne Medizin ist allerdings inzwischen so weit, mögliche Leiden und Schmerzen weitgehend zu lindern und Ihr Leben im Rahmen des medizinisch Machbaren zu verlängern."

Ein öliges Amen mit himmelwärts gerichtetem Blick wäre für Jeff an dieser Stelle keine Überraschung gewesen. Belustigt beobachtete er, wie das Doktorchen eine kunstvolle Pause einlegte und mit seinem Stethoskop wedelte, wie ein Cowboy mit seinem Lasso. Am liebsten würde der mir wohl zusätzlich noch Daumenschrauben anlegen, um die Wirkung seiner Worte zu verstärken, spekulierte Jeff und grinste sein impertinentestes Grinsen, über das er verfügte. Ihn hier eingeschüchtert zu sehen, den Gefallen wollte er dem Jüngling nun wirklich nicht tun.

„Lassen Sie mich in den nächsten Tagen wissen, wie Sie sich entschieden haben".

Dann begleitete der blasierte Jüngling seinen Abgang mit einem Satz, der sich anhörte, als habe er ihn von einem Kunstdrechsler in Handarbeit anfertigen lassen.

„Mein Kollege Dr. Baxter, den als Freund zu haben Sie sich glücklich schätzen dürfen, steht Ihnen bei Ihrer Entscheidung gewiss mit Rat und Tat zur Seite."

Im Gänsemarsch verließen die beiden das Zimmer. Wenig später kam Blake alleine wieder zurück.

„So, jetzt ist die Katze aus dem Sack", begann er mit hochrotem Kopf. „Ich wollte es dir schon gestern sagen, aber du hast es ja nicht zugelassen und mich mehr oder weniger rausgeworfen."

„Das ist doch alles gequirlte Scheiße! Gerade war ich noch tausende Flugmeilen von hier in wichtigen und schwierigsten Verhandlungen, habe einen langen Nachtflug hinter mir und einen brutalen Klimawechsel, da ist es doch nicht verwunderlich, dass einen das schlaucht."

„Erstens liegt dein Rückflug nun schon mehrere Wochen zurück und zweitens erzählen wir dir keine Märchen, Jeff, dazu ist die Lage viel zu ernst", versuchte Blake beharrlich ihm den Wind aus den Segeln zu nehmen. „Du wirst nicht umhinkommen, dich damit auseinander zu setzen. Und da gibt es auch wenig Verhandlungsspielraum, falls du diese Sprache besser verstehst. Inzwischen gibt es dennoch eine Reihe von Möglichkeiten, medizinisch einzugreifen. Sobald dein Allgemeinzustand wieder einigermaßen stabil ist, will ich ein Tennismatch übrigens doch nicht mehr gänzlich ausschließen. Und ein paar andere Sachen gehen dann vielleicht auch noch eine Zeitlang. Natürlich immer vorausgesetzt, du willigst in weitere Behandlungen ein."
Langsam ging Jeff das Thema gewaltig auf den Senkel. Als ob es nichts Wichtigeres gäbe.

„Und was hättet ihr denn da Hübsches für mich auf dem Programm", heuchelte er Interesse.

„Nun, das Mittel der Wahl ist zunächst eine Chemotherapie", dozierte er. „Dazu müsstest du noch nicht einmal stationär in der Klinik bleiben, das macht man heutzutage ambulant. Es kann erforderlich werden, die Therapie mit anderen Medikamenten fortzusetzen, wenn sich herausstellt, dass der Tumor nicht so reagiert, wie gewünscht. Es könnte unter Umständen durchaus auch indiziert sein, zuerst zu operieren und später erst eine Chemotherapie folgen zu lassen. Und es besteht auch immer noch die Möglichkeit der Bestrahlung. Du siehst, wir haben genügend Pfeile im Köcher, du musst dich nur entscheiden", gab Blake zu bedenken und knuffte seinen alten Kumpel versöhnlich an der Schulter. „Aber eines steht fest: je länger du wartest, desto wahrscheinlicher wird der Tumor der Matchwinner sein."

„Du kannst dir nicht vorstellen, wie dämlich Jeff sich in der Klinik aufgeführt hat", berichtete Blake und konnte es noch immer nicht
fassen. „Hat sich unter der Hand von seinem Sekretariat die Akten
für Irkutsk zustellen lassen, heimlich seinen Koffer geschnappt und
versucht zum Flughafen abzuhauen, wo er das nächstbeste Flugzeug
nach Russland nehmen wollte. Bis nach Irkutsk ist er allerdings nicht
ganz gekommen. Schon auf dem
Stationsflur ist er ohnmächtig zusammengebrochen."

„Ich hab´s geahnt", war alles, was Eve spontan dazu sagen wollte.
„Jede Wette, dass das noch nicht die letzte Story war, die wir mit
deinem Freund erlebt haben."
Blake hielt es nicht mehr länger auf seinem Stuhl. Er war aufgesprun-
gen, wühlte mit beiden Händen in den Haaren und trottete wie ein
hospitalisiertes Tier im Zimmer auf und ab. Wäre es ihm gegeben
gewesen, nur ein einziges Mal laut und unflätig zu fluchen, wäre ihm
große Erleichterung gewiss gewesen.

„Das ist doch nicht zu fassen, da sagst du deinem besten Freund
klipp und klar, dass seine Erkrankung zwar medizinisch moderierbar,
letztlich aber unheilbar ist, und er grinst nur blöd und will keines deiner Argumente gelten lassen."

„Kennst ihn doch", versuchte sie Blake wieder herunter zu holen.
„Du wirst ihm seine Situation erklären können, wie du willst. Solange
er überzeugt ist, als Sieger vom Platz zu gehen, wird er sein Ding
machen, was immer es sein wird und koste es, was es wolle. Erst

wenn er erkennen muss, dass er ein Problem mit körperlicher Überlegenheit oder anderen Druckmitteln nicht lösen kann, knickt er ein. Dann kann der Kerl ein solcher Feigling sein,“, spottete Eve und erzählte von ihrer Hochzeitsreise.

„Eines Abends, in New Mexiko, entdeckten wir eine kleine, harmlos aussehende Ratte im Vorgarten unserer Lodge. Statt das Tier zu fangen oder in die Flucht zu schlagen, ist der Angsthase auf einen Stuhl geflüchtet. So fang sie doch, mach sie tot! rief er immerzu und wollte auf der Stelle das Quartier wechseln, da das Tier unauffindbar war. Nachdem ich alle Winkel des Hauses akribisch aber erfolglos durchsucht hatte, währenddessen er seine rettende Zuflucht nicht verließ und nichts Besseres zu tun wusste, als zu lamentieren, stellte ich eine der Fallen auf, die ich im Schuppen der Lodge aufgetrieben hatte. Schließlich konnte ich ihn überreden, ins Bett zu kommen. Am nächsten Morgen fanden wir das halbtote Tier in der Falle. Dreimal darfst du raten, wer der armen Kreatur den Rest geben und anschließend den Kadaver entsorgen musste. Ich hielt lieber meinen Mund, wenn er später bei jeder Gelegenheit seine Drachentöterversion der Geschichte zum Besten gab.“

Der neue Morgen zeigte noch keine Farben, als sie nachhause kam. Wieder einmal war es spät geworden in der Bar.

Lange konnte sie noch nicht geschlafen haben, da riss sie das Telefonklingeln erbarmungslos aus dem ersten Schlummer. Auf dem Display Jeffs Name. Wahrscheinlich, dachte sie, hat er wieder einmal den

Zeitunterschied zwischen Ost- und Westküste verpeilt, sein Büro steht in Flammen oder, und das war am wahrscheinlichsten, die Sehnsucht hat ihn übermannt.

Jedem anderen, der sie nach einer langen Nacht aus dem ersten Schlaf gerissen hätte, würde sie Rücksichtslosigkeit unterstellen, nicht aber Jeff.

„Kathy, wie gut, deine Stimme zu hören. Ich wollte, du wärst hier und nicht fern von mir in New York", gab er sich bußfertig. Für Jeffs Verhältnisse enthielt das bereits die fällige Entschuldigung

„Du klingst, als müsstest du dringend getröstet werden. Ist eines deiner Geschäfte geplatzt? Hat dich dein Boss entlassen oder ist dir nur langweilig?", versuchte sie fürsorglich aber nicht ohne leisen Vorwurf den Grund seines Anrufs heraus zu kitzeln.

„Weder noch, Katinka. Man hat mich gegen meinen Willen aus dem Verkehr gezogen.

Als ich vor ein paar Tagen aus Russland zurückkam, bin ich kurz zusammengeklappt und wurde gegen meinen Willen ins Krankenhaus eingeliefert, wo man mich seit Tagen festhält.

Denkbar, dass ich mich ein wenig übernommen habe.

Mein Boss, hat nun nichts Besseres zu tun, als den größten Schwachkopf der Firma nach Irkutsk zu schicken, um unsere Verhandlungspartner bei Laune zu halten, bis ich wieder selbst dorthin reisen kann."

„Und deswegen rufst du mich mitten in der Nacht an?", fragte Kathy vielleicht eine Spur zu harsch, denn sie hätte viel lieber weitergeschlafen.

Dann ließ er die Bombe platzen.

„Die Docs wollen mir einreden, ich hätte einen Tumor im Bauch. Dabei fühle ich mich inzwischen schon wieder bestens. Mein Freund Blake, der selbst Arzt ist, will sogar in Kürze wieder mit mir Tennis spielen, hat er gesagt. Die setzen mir im Krankenhaus das Messer auf die Brust, wollen mein Einverständnis für eine Chemotherapie und eventuell sogar für eine Operation. Behaupten, ihre Diagnose sei sicher, und schlagen Therapien vor, deren Erfolg mehr als zweifelhaft ist. Wenn du mich fragst, die Weißkittel täuschen sich, wollen aber, dass ich mich sofort entscheide. Ich glaube, die halten es nicht aus abzuwarten. Müssen ständig Neues ausprobieren und brauchen dafür einfältige, willige Patienten, die den ganzen Scheiß mit sich machen lassen. Ich will ein normales Leben führen und denen nicht für den Rest meines Lebens ausgeliefert sein. Mit mir, Kathy, machen die diesen Zirkus nicht, das sage ich dir. Mit mir nicht!".

So aufgebracht hatte sie ihn noch nie erlebt. So sehr die ärztliche Diagnose auch sie aufwühlte, so zwecklos erschien es ihr das jetzt, mitten in der Nacht, weiter zu erörtern.

„Dein Boss hat eben verstanden, dass du krankgeschrieben bist und ein paar Wochen Ruhe brauchst, davon geht doch die Welt nicht unter", versuchte sie ihn zu besänftigen, bekam aber keine Antwort.

„Warum fliegst du nicht rüber zu mir, sobald sie dich entlassen haben und du dich für die Reise fit genug fühlst? Du weißt doch, dass du es gut bei mir hast."

Kathy war dermaßen bleimüde, dass sie versuchte das Telefonat auf dem schnellsten Weg zu beenden, ohne ihn vor den Kopf zu stoßen.

„Liebster, mir fallen schon wieder die Augen zu, ich wünsche mir, dass du bald hier neben mir liegst. Dann besprechen wir alles gründlich und finden bestimmt eine gute Lösung. Aber dafür möchte ich dich sehen und spüren", hauchte sie, schickte einen Telefonkuss an die Westküste und legte auf.

„Dieser Mulligan ist eine solche Pfeife", polterte Finch am Telefon. „Ruft doch tatsächlich aus Irkutsk an und gesteht mir, dass er große Schwierigkeiten hat, die Verhandlungen in unserem Sinne weiterzuführen. Er sei den russischen Verhandlungspartnern nicht gewachsen! Was sagst du dazu? Und diese Lusche gibt das auch noch unumwunden zu!".

„Was schickst du auch diesen Volltrottel dorthin! Ich hätte dir gleich sagen können, dass das nichts bringt, aber du hast mich ja nicht einmal gefragt", erwiderte Jeff beleidigt.

„Wie hätte ich dich fragen sollen, du warst ja ein paar Tage total weg vom Fenster, bis sie dich wieder aus dem Koma geholt haben. Sieh bloß zu, dass du wieder fit wirst", stöhnte er, „sonst können wir das Irkutsk-Projekt in die Tonne treten und unser guter Ruf bei den Russen ist augenblicklich dahin. Die Konkurrenz schläft nicht."

Im Grunde ist der genauso ein Weichei wie Mulligan, ärgerte sich Jeff, als Finch gar nicht mehr aufhörte zu jammern.

Die halbe Firma fällt in sich zusammen, wenn ich mal für kurze Zeit ausfalle. Dann weiß in dem Laden kein Mensch mehr, was zu tun ist.

Da die Ärzte ihm keine großen Hoffnungen machten, dass ihr Patient schon bald wieder voll belastbar sei, lamentierte Finch, müsse er nun für die Zeit, in der Jeff ausfalle, eben einen kompetenten neuen Mitarbeiter engagieren.

Bla, bla, bla…

Dann kam der Hammer.

Jeff hätte doch bestimmt nichts dagegen, dem Neuen für die Zeit, in der er ausfalle, sein Büro zur Verfügung zu stellen. Es machte ihn sprachlos und stocksauer, wie zügig Finch bereits alles in die Wege geleitet hatte, ihn zu ersetzen.

„Meine Güte, Jeff", versuchte er zu beschwichtigen, „du weißt doch, das ist nicht gegen dich gerichtet, aber wir müssen unsere Kosten im Blick behalten."

Was für ein Scheißspiel, dachte Jeff und sah sich zwischen allen Stühlen. Die einen versuchen dich loszuwerden, die anderen wollen dich auf keinen Fall ziehen lassen. Wenn er könnte, wie er wollte, würde er im Rundumschlag gerne mal so richtig auf die Kacke hauen. Wofür habe ich denn all die Jahre gerackert, fragte er sich, hab mir Nächte mit irgendwelchen Betonköpfen um die Ohren geschlagen, mich gewunden und verbogen, nur um mit satten Abschlüssen wieder nachhause zu kommen! Und was ist der Lohn? Ein Fußtritt, wenn du mal nicht so funktionierst, wie man es von dir gewohnt ist. Und dann kommt auch noch dieser junge Stethoskopschwinger daher und glaubt, er kann hier einen auf dicke Hose machen und mich einschüchtern. Alle wollen sie ja nur das Beste! Tanzen um dich herum, die einen geben vor, dich schonen zu wollen, die anderen reden dir irgendeinen Blödsinn ein und du, du musst tatenlos zusehen und bist denen ausgeliefert.

Oder vielleicht doch nicht? Bin ich etwa bloß neidisch auf alle, die glauben, gesund zu sein? Ich lass mir von euch, verdammt noch mal, mein Leben nicht aus der Spur kegeln.

Wer bist du denn, lässt dir doch sonst nichts gefallen. Mach, was du immer gemacht hast:

nimm dein Leben in die eigenen Hände und lass dir von anderen nichts einreden.

Bei seinen Besuchen behandelte ihn Blake als sei er ein verstocktes Kind. Er konnte mit Jeffs Entschluss, eine Behandlung abzulehnen und die Klinik so bald wie möglich zu verlassen, überhaupt nicht umgehen. Bisweilen überbrachte er zwar Grüße von Eve, sie selbst ließ sich aber nicht mehr blicken.

Jeff war nicht scharf darauf.

Wie der Rest der Welt hält auch sie es offenbar für normal, dass, wer krank ist, ins Krankenhaus gehört, um sich dort operieren oder anderweitig behandeln zu lassen. Aber sobald einer das nicht will, sondern trotzdem fröhlich herumläuft, empfinden die Leute das als Provokation. Um mich geht es denen in Wahrheit doch gar nicht, es geht ausschließlich um sie selbst. Sie sind es, die von mir erwarten, zu tun, was man angeblich in Situationen wie meiner eben tut und was sie für vernünftig halten.

Aber nur, weil es sie erheblich entlasten würde

Dass die Leute nicht respektieren können, was mein Wille ist und mich mit ihrer Erwartungshaltung unter Druck setzen, kapieren sie überhaupt nicht!

Ich will und muss darauf keine Rücksicht mehr nehmen, dachte er, behielt es aber für sich.

Nur für die muss ich nicht um jeden Preis weiterleben, muss nicht - zig Operationen und chemische Keulen über mich ergehen lassen, nur damit ich ihnen vielleicht noch ein Weilchen erhalten bleibe und ihr Scheissleben nicht aus den Gleisen springt

„Mensch, kapier doch endlich, du darfst deine Diagnose nicht auf die leichte Schulter nehmen", redete Blake ihm ins Gewissen. Unterbrochen von einer theatralischen Pause in der Absicht, die Wirkung seiner Worte zu verstärken. „Verdammt noch mal, du bist ernsthaft erkrankt, Jeff, sehr ernsthaft. Unheilbar, um genau zu sein. Das kannst du verdrängen, nicht wahrhaben wollen, versuchen, es zu vergessen. Es wird alles nichts nützen. Wir werden dich nicht heilen können. Bestenfalls den Tod können wir hinauszögern, dir wahrscheinlich noch eine gute Zeit verschaffen. Mehr aber auch nicht."

„Unheilbar?", protestiere Jeff ungläubig, „das ist ja wohl nicht dein Ernst!"

Für einen Moment fühlte er sich wie ein gehetzter, bis aufs Blut gereizter Kampfstier.

Doch dann gelang es ihm, dem finalen Dolchstoß des Toreros doch noch auszuweichen.

„Und wie erklärt man sich in Fachkreisen, dass der Unheilbare sich bestens fühlt und auch weiterhin auf sein Gefühl hören und vertrauen möchte? Nicht ein einziges Wort glaube ich euch."

„Hör zu, Jeff. Deine Reaktion ist völlig normal. Kein Mensch kann eine Diagnose mit dieser Perspektive von heute auf morgen erfassen und begreifen. Dazu braucht es Zeit. Du befindest dich in einem emotionalen Stresszustand, in dem es dir schwerfällt, Informationen überhaupt aufzunehmen. Jeder andere wäre damit ebenso überfordert. Es ist unsere Psyche, die abwehrt und verdrängt, um uns Zeit zu verschaffen, die bedrohliche Information langsam ins Bewusstsein vordringen zu lassen."

„Jetzt hör aber auf und verpiss dich", wurde Jeff schroff. „Ich kann dein bescheuertes Psychogelaber nicht mehr länger ertragen."

Kathy erwachte von einer laut und panisch *NEIN!* brüllenden Frauenstimme. Am ganzen Körper zitternd stellte sie fest, dass sie selbst es gewesen war, die da im Traum geschrien hatte.

Jeff lag unter einer grellen Lampe auf einem Operationstisch und sie musste tatenlos mit ansehen, wie mehrere Ärzte und Schwestern in blutverspritzten Gummischürzen an seinem aufgeschnittenen Körper hantierten. Alle waren fröhlich, zeigten triumphierend, was sie gerade wieder aus seiner Bauchhöhle herausgefischt hatten und warfen es, übermütig lachend, achtlos hinter sich. Sie selbst schwebte wie ferngesteuert über dem Operationstisch mit auf dem Rücken zusammengebundenen Armen hin und her, doch niemand nahm von ihr Notiz. Noch nicht einmal sie selbst konnte hören, was sie den Leuten zurief - bis auf dieses laute und verzweifelte NEIN, das sie gegen Mittag schließlich aus ihrem Alptraum erlöst hatte.

Erst nach einer warmen Dusche und einem Becher Kaffee fühlte sie sich in der Lage, Jeff im Krankenhaus zurückzurufen.

Über ihren Traum konnte sie inzwischen wieder schmunzeln, wenngleich es ihr nicht vollständig gelang, die brutalen Bilder aus dem Kopf zu verscheuchen.

Diesmal war es Jeff, der schlief.

Drüben, in Portland, war es zwar noch nicht taghell aber auch nicht mehr allzu früh. Jedenfalls war er anfänglich nicht orientiert.

Möglich, dass sein Schlafmittel noch wirkte, denn er brauchte eine Zeit lang, bis er begriff, dass sie es war.

Darauf wurde er augenblicklich versöhnlicher und begann noch einmal umständlich zu erzählen, was er ihr bereits in der Nacht berichtet hatte. Als er wieder anfing, unflätig auf die Ärzte, seinen Freund Blake, seinen Arbeitgeber und seine Exfrau zu schimpfen, die ihn, davon war er fest überzeugt, in diese beschissene Lage gebracht hatten, vermied sie es, ihm zu widersprechen. Stattdessen versuchte sie, ihn durch unverfänglichere Fragen aus seiner Erregung wieder herunter zu holen.

„Wann kommst du zu mir nach New York? Fühlst du dich fit genug für die Reise?" Ob er sich schon zu einer Behandlung entschieden habe und ob er die Ärzte schon einmal gefragt habe, wann sie ihn entlassen wollten.

Es nutzte alles nichts.

Jeff war auf Hundertachtzig und wollte es auch bleiben.

„Bei der nächstbesten, günstigen Gelegenheit verlasse ich dieses Gefängnis, das schwör ich dir. Und wann das sein wird, entscheide ich. Niemand sonst."

Kathy begann, von ihrem Traum zu erzählen.

Natürlich ohne die grausigen Einzelheiten.

Nur, dass sie der Traum nicht davon überzeugt habe, dass eine Operation jetzt das Mittel der Wahl sei. Erneut beschwor sie ihn, zu ihr nach New York zu kommen, sobald er sich gesundheitlich dazu in der Lage fühle.

„Ich muss hier erst mal rauskommen und das ist nicht einfach. Im Grunde gibt es nur zwei Möglichkeiten. Ich glaube nicht, dass die mich hier einfach so gehen lassen, selbst wenn ich einen Behandlungsabbruch unterschreibe", skizzierte er seine Überlegungen.

„Höchstens, ich mache es wie die drei Ausbrecher von Alcatraz. Von denen hat allerdings nur einer die Flucht überlebt."

„No way!", reagierte Kathy aufgebracht und fragte schnell nach der zweiten Möglichkeit.

"Ich sterbe sofort, oder ziemlich schnell jedenfalls. Da gibt es Möglichkeiten", war seine lakonische Antwort.

Dass sie darauf nicht reagierte, entsprach nicht seiner Erwartung.

Sein Fatalismus schockierte sie, doch hatte sie Jeff über die Jahre gut genug kennengelernt, um zu wissen, was er damit bezweckte

„Ich scheiß drauf, was mir die Ärzte einreden wollen. Blake geht mir wahnsinnig auf den Sack mit seinem Psychogequatsche und seiner ständigen Leier, ich würde das Undenkbare verdrängen. Nur mal angenommen, er hätte damit recht, was ich nicht glaube, ist mir das trotzdem scheißegal", machte er seinem Ärger Luft, um gleich darauf in ein weinerliches, selbstmitleidiges Lamento zu verfallen. „Kathy, jetzt sag doch was! Das kann doch alles überhaupt nicht sein. Du hältst es doch auch nicht für möglich, dass plötzlich alles vorbei sein soll", quengelte er wie ein kleiner Junge.

„Ist es auch nicht, Jeff-Baby", versuchte sie ihn aufzufangen.

„Flieg rüber zu mir, in meine Stadt, in meine Arme, ich werd dir schon zeigen, dass noch längst nicht alles vorüber ist."

Dass er unumwunden nicht nur vom Tod allgemein, sondern von der Möglichkeit seines eigenen Endes sprach, machte ihr aber schon gehörig Angst.

Sie beendete das Telefonat gerade noch rechtzeitig, bevor er ihr Weinen bemerken konnte. Er tat ihr wahnsinnig leid.

Ihm in dieser Situation ihr Mitleid zu zeigen, hielt sie aber für die falsche Reaktion.

„Es ist mir unbegreiflich, wie Jeff es in seinem Zustand geschafft hat, unbemerkt das Krankenhaus zu verlassen", räsonierte Blake.

Als sie nach Ende der Mittagsruhe mit Kaffee und Kuchen über die Station gegangen sei, habe sie Mr. DelMares Bett und Zimmer leer vorgefunden, sich aber weiter nichts dabei gedacht, sagte die junge Schwesternschülerin später aus. Wie gewöhnlich seien einige seiner persönlichen Gegenstände im Zimmer gelegen, der Bademantel an der Badezimmertür gehängt. Zeitschriften und Bücher, sowie die gesamten Kopien der Unterlagen für Irkutsk, befanden sich noch auf dem kleinen Tisch vor dem Fenster. Dass er ein zweites Mal versucht haben könnte, nach Sibirien zu fliegen, war also mit großer Wahrscheinlichkeit auszuschließen.

Auch Mr. Finch besaß keinerlei Informationen, die Jeffs Verschwinden hätten erklären können.

Bei der Anhörung des übrigen Personals äußerten alle gleichermaßen, sich nicht erklären zu können, wie Mr. DelMare ohne fremde Hilfe auch nur bis zur Pforte des Hospitals hatte gelangen können.

Wie sich bei näherer Inspektion des Krankenzimmers herausstellte, fehlten sämtliche Wertgegenstände wie Laptop, Uhr, Handy und Brieftasche, sodass die Polizei zunächst nicht ausschloss, Jeff könnte beraubt und entführt worden sein. Gestützt wurde diese Theorie durch die Tatsache, dass Schuhe, Oberbekleidung und Mantel fehlten, er sie folglich entweder angezogen oder in seinem Koffer transportiert haben musste, der ebenfalls fehlte.

Im Laufe der weiteren Ermittlungen ergaben sich zunächst keine belastbaren Erkenntnisse zu Jeffs Verschwinden. Ein Helikopter mit Wärmebildkamera überflog die Stadt, Suchmannschaften durchkämmten die Parks. Erst als die Polizei sämtliche Hotel- und Flugbuchungen auf den Namen DelMare überprüft hatte, stellte sich heraus, dass der Gesuchte, kurz nachdem sein Verschwinden in der Klinik bemerkt worden war, ein Ticket für einen Flug nach New York gekauft hatte.

Die Airlineangestellte am Check-in-Schalter erinnerte sich noch genau, Serviceunterstützung angefordert zu haben, um den alleinreisenden, gehbehinderten Passagier mit einem Bordcase als Handgepäck samt seinem Rollstuhl an die Maschine bringen zu lassen.

Bis zum Check-in-Schalter sei der Passagier von einem Mann begleitet worden, der möglicherweise Puertoricaner oder Mexikaner gewesen sein könnte, jedoch nicht mitgeflogen sei.

„Jetzt wissen wir wenigstens, wo er ist", stellte Blake erleichtert fest.

„Na ja, das einzige, was wir wirklich wissen ist, dass er in einer achteinhalb Millionenstadt untergetaucht ist. Hab ich nicht gesagt, der ist unberechenbar und macht, was er will? Weißt du was, von mir aus kann er sonst wohin abgehauen sein, das schert mich einen Dreck. Interessant wäre höchstens, herauszufinden, was Jeff in New York sucht, wer ihm bei der Flucht geholfen hat und was er vorhat. Aber eigentlich interessiert mich noch nicht einmal das."

Die Taxi-Quittung mit der Nummer der Zentrale hatte er noch in seiner Brieftasche gefunden.

„Einen solchen Fahrer gibt´s in der Stadt kein zweites Mal", schwärmte Jeff in den höchsten Tönen und schilderte, wie ihm der Chauffeur behilflich war, der ihn vor Wochen gefahren hatte. Er selbst sei krank und dankbar für die Unterstützung gewesen. Jetzt, wo es ihm wieder besser gehe, wolle er sich unbedingt bei seinem Wohltäter bedanken.

„Können Sie den Mann beschreiben?", fragte die freundliche Telefonistin in der Zentrale. „Wissen Sie, wir haben ein paar Dutzend Fahrer und manche arbeiten nur ein oder zwei Schichten pro Woche bei uns. Wenn Sie mir Datum und Uhrzeit ihrer Fahrt nennen, kann ich nachsehen, wer damals Dienst hatte."

„Es war ein muskulöser Mann um die dreißig, karibischer oder mexikanischer Herkunft, würde ich sagen", beschrieb Jeff den Fahrer, während er auf der Quittung das Datum der Fahrt suchte.

„Hab ihn schon gefunden", meldete sich die Frau, „das kann nur Diego gewesen sein. Nein, ich bin sicher, dass er es war. Von wem soll ich ihm denn Dank übermitteln, wenn er das nächste Mal hereinkommt?"

„Sehr freundlich von Ihnen, aber das würde ich gerne persönlich tun. Wären Sie so nett, ihn anzufunken und ihn zu bitten, heute oder spätestens morgen bei mir im Vincent Memorial Hospital vorbeizukommen? Es soll sein Schaden nicht sein. Selbstverständlich werde ich seinen Verdienstausfall und die Taxikosten hierher übernehmen. Sagen Sie ihm das."

Dann nannte er noch seine Zimmernummer, dankte überschwänglich für ihre Unterstützung und verabschiedete sich.

Das hatte er sich wesentlich schwieriger vorgestellt. Sein Plan schien also realistischer, als anfangs gedacht.

Die folgenden Stunden verbrachte er damit zu überlegen und aufzuschreiben, welche seiner Sachen er unbedingt mitnehmen sollte und was hierbleiben konnte.

Gerade hatte er seinen Merkzettel unter das Kopfkissen geschoben, da klopfte es an der Tür. Sie erkannten sich sofort wieder. Diego grinste über das ganze Gesicht, als Jeff ihn begrüßte. Entweder er erinnerte sich noch an das üppige Trinkgeld, oder er freute sich wirklich, seinen spendablen Fahrgast wieder zu sehen.

Der umriss ihm in groben Zügen die Situation, erklärte seinen Plan und fragte, ob Diego ihm bei der Umsetzung behilflich sein würde. Sein Strahlen fand gar kein Ende, was wohl nicht nur mit der Höhe des Honorars zusammenhing, das Jeff ihm in Aussicht stellte. Es war ganz offensichtlich, dass er Jeff nicht nur einen Gefallen tun wollte, sondern vor allem diebischen Spaß an der Aktion zu haben schien. Wie er die Sache sehe, sei wohl am unauffälligsten, sie würden das Vorhaben am helllichten Tag durchführen, was Jeff überzeugte, als sie über weitere Details sprachen.

Die Zimmertür wurde geöffnet. Der junge Stationsarzt schaute kurz herein, vermutlich, weil er hören wollte, für welche Behandlungsoption sein Patient sich denn nun entschieden habe.

„Darf ich vorstellen, mein Neffe Diego", kam Jeff ihm zuvor. „Gerade erst aus Puerto Rico angereist. Der gute Junge wird sich künftig um mich kümmern. Ist das nicht reizend?"

Im Gesicht des Doktors war zu lesen, dass er für diesen Menschenschlag wenig Sympathien hegte, doch es blieb ihm gar nichts anderes übrig, als Diego die Hand zu reichen, derweil Jeff es still genoss, ihn verladen zu haben.

Die Aktion sollte am folgenden Nachmittag über die Bühne gehen. In der Zeit zwischen Mittagessen und Nachmittagskaffee war es meistens still auf der Station. Viele Patienten schliefen, noch war keine Besuchszeit, die Schwestern machten Pause oder waren im Stationszimmer beschäftigt.

Für den Fall, dass jemand versuchen sollte, sie auf dem Gang aufzuhalten, sollte Diego sagen, der Stationsarzt persönlich habe gestern vorgeschlagen, er solle seinen Onkel täglich für eine Viertelstunde hinunter in den Park an die frische Luft bringen. Das Risiko, dass man ihm nicht glaubte, war sehr gering. Mit seinem karibischen Charme würde er jede Schwester im Nu um den Finger wickeln. Den kleinen Koffer versteckten sie unter dem Rollstuhl. Weder im Aufzug noch an der Krankenhauspforte sprach sie jemand an oder schöpfte gar Verdacht.

Diegos Taxi stand gegenüber der Klinik bereit. Er half Jeff beim Einsteigen und verstaute Rollstuhl und Bordcase im Kofferraum. Auch am Flughafen lief alles nach Plan. Kurz vor dem Check-in-Schalter überreichte Jeff seinem Fluchthelfer den Umschlag mit dem vereinbarten Honorar, dankte für seine Hilfe und verabschiedete sich von ihm wie von einem guten Freund. Als er hinzufügte, sie würden sich wahrscheinlich im Leben kein drittes Mal begegnen, bekam Diego feuchte Augen und ihr Abschied eine melancholische Note. Ein Servicemann der Fluggesellschaft brachte Jeff vor allen anderen Fluggästen im Rollstuhl bis ins Flugzeug und sorgte dafür, dass er einen behindertengerechten Sitzplatz bekam. Erst dann durften die Passagiere ohne Handicap das Flugzeug betreten.

Blicke, die ihn trafen, strotzten vor Mitleid. In anderen Gesichtern las Jeff Gleichgültigkeit und bei manchen einem der Vorübergehenden glaubte er Überheblichkeit zu erkennen.

Zu gern hätte er denen ein Bein gestellt.

Wie sich das anfühlt, von seiner Umgebung ausgegrenzt zu werden, das war für ihn eine völlig neue Erfahrung. Plötzlich war er derjenige, der abweicht von dem, was als normal gilt, eine Sonderbehandlung benötigt, weil er in seinen Fähigkeiten eingeschränkt ist.

Einer, dem man seine Verletztheit schon von Weitem ansieht.

Ein Gezeichneter.

„Cabin crew, crosscheck", wies der Captain das Bordpersonal an, vor dem Start die Systeme in der Kabine und die Türen zu kontrollieren. Den Moment, als die Maschine zurückgeschoben wurde und endlich selbständig zur Startposition rollte, erlebte Jeff als Gefühl der Erleichterung. Er genoss, wie das Flugzeug Fahrt aufnahm, beobachtete aus dem Fenster die Triebwerke an den vibrierenden Tragflächen, spürte, wie sie ihn mit unbändiger Kraft in den Sitz drückten und die tonnenschwere Maschine schließlich in die Luft brachten.

Ihm war, als befreie ihn dieser Flug auf die andere Seite des Kontinents von allen Problemen, die ihn soeben noch belasteten und er freute sich auf Kathy wie ein Kind auf Weihnachten. Alles würde sich zum Guten wenden, gerade so, wie sie es ihm versprochen hatte, davon war er überzeugt.

Die Ärzte in Portland mitsamt dem Krankenhaus sollten ihm den Buckel runterrutschen.

Und auf die Ratschläge von Blake und Eve war eh gepfiffen.

Who cares!

Soll Finch doch machen was er will und Mulligan, dieser Blindgänger, das Irkutskprojekt eben vollends an die Wand fahren.

Das alles war gestern, jetzt hatte ihn das Leben wieder.

Jeden Tag wollte er künftig als offenen Raum voller Möglichkeiten betrachten, zwischen denen er sich frei entscheiden konnte. Zum ersten Mal sah er sein Leben voller Respekt und es erschien ihm kostbarer als je zuvor. Er fühlte sich absolut frei, nahm sich vor, gerade unter diesen veränderten Umständen auf nichts und niemanden mehr Rücksicht nehmen und war rundum zufrieden mit sich und der Welt.

Er bestellte ein Glas Wein und ließ sich von dem kleinen Jungen, der auf der anderen Seite des Ganges saß und Opa zu ihm sagte, zu einer Partie Quartett überreden. Warum er ihn Opa nenne, wollte Jeff nach der zweiten verlorenen Runde von ihm wissen.

„Weil du ein alter, kranker Mann bist. Und weil du nicht mehr gehen kannst und mit dem Rollstuhl geschoben werden musst. Ein alter Opa eben.".

Nach der Landung rollte ein verschwitzter, säuerlich riechender Angestellter der Fluggesellschaft den gehbehinderten Fluggast aus der Maschine bis in den Ankunftsbereich des Terminals.

Kaum hatte er sich verabschiedet und noch während Jeff nach den Taxen Ausschau hielt, wurde sein Rollstuhl von hinten grob erfasst und in wilder Fahrt im Slalom durch die wartenden Fluggäste bugsiert. Wie auch immer er es anstellte, sich im Sitzen nach hinten zu drehen, um zu sehen, wer ihn so rasant vorwärtsbewegte, es gelang ihm nicht.

„Wer sind Sie, was soll das?", fragte er wohl ein wenig zu zaghaft, da er ständig befürchtete, im nächsten Moment mitsamt dem Rollstuhl umzukippen, falls er sich nicht rechtzeitig in die richtige Kurve legte. Keine Antwort.

„Verdammte Scheiße, sofort anhalten, Idiot, wo wollen Sie denn hin?", fluchte Jeff.

„Chast du Geld für Taxi und Essen, ich chabe cHunger", kam es barsch zurück. Wie zu erwarten war, gehörte die kehlige Stimme also einem Mann. Einem Osteuropäer oder Russen, das war deutlich zu hören. Dem Klang der jugendlichen Stimme zufolge, schätzte Jeff den Rollstuhlrennfahrer auf etwa fünfundzwanzig bis dreißig Jahre und hätte allmählich wirklich gerne gewusst, wohin die Reise gehen sollte. Diesem Typen so hilflos ausgeliefert zu sein, gefiel Jeff überhaupt nicht, zumal er gar nicht mehr auf den Rollstuhl angewiesen war. Das Fluchtfahrzeug sollte ja lediglich zur Tarnung seines Abgangs aus der Klinik dienen. Finster entschlossen, die Initiative zurück zu gewinnen, bellte er ihn jetzt noch lauter und auf Russisch an, jetzt endlich anzuhalten.

Das verfehlte seine Wirkung nicht. Passanten drehten sich erschrocken nach ihnen um, bis der Entführer abrupt stehen blieb, sich auf eine Bank vor dem Flughafengebäude setzte und den Rollstuhl um 180 Grad drehte, so dass Jeff ihm endlich ins Gesicht sehen konnte. Ein Sitzriese war er nicht, das fiel besonders aus der Rollstuhlperspektive sofort auf. Doch alles, was er sich sonst zusammenreimte, schien zu stimmen. Kantiges, unverkennbar slawisches Gesicht mit ausgeprägten Wangenknochen, umrahmt von dunklem, strähnigem Haar. Über der linken Augenbraue schwebte, wie ein Accent aigu, eine unscheinbare Narbe, zu winzig um die Symmetrie in seinem Gesicht zu stören. Der Kerl war unrasiert, wirkte nicht nur ungepflegt, er war es auch. Ein Vollbad hätte bestimmt einen Menschen aus ihm gemacht. Seltsamerweise war er seinem Opfer, das sich, für ihn völlig unerwartet, aus dem Rollstuhl erhob, um sich neben ihn auf die Bank zu setzten, keineswegs unsympathisch.

„Ich chabe Chunger", war alles, was der Kidnapper mit heiserer Stimme gebetsmühlenartig wiederholte. Verwahrloste Penner wie ihn würdigte Jeff DelMare normalerweise keines Blickes. Er verstand selbst nicht, wieso ausgerechnet dieser arme Schlucker, der versucht hatte, ihn zu entführen und zu erpressen, es fertigbrachte, einen Anflug von Mitleid bei ihm auszulösen. Noch weniger konnte er sich erklären, was ihn dazu verleitete, den Tippelbruder in das nächstbeste Fastfood Lokal einzuladen.

Zusammen marschierten sie los.

Bis zum Lokal schob Jeff den leeren Rollstuhl, der abgerissene Kerl trottete wie ein Hündchen folgsam an seiner Seite. Schon von draußen war erkennbar, dass das Lokal nahezu voll besetzt, ein für Behinderte reservierter Tisch aber noch frei war.

Flugs schwang Jeff sich wieder in den Rollstuhl.

Doch gut, feixte er, dass er den nicht schon am Flughafen irgendwo hatte stehen lassen.

Gemessen an den gewaltigen Mengen, die der Bursche stumm verdrückte, musste er schon lange nichts mehr zwischen die Zähne bekommen haben. Mit einem kapitalen Rülpser beendete er sein Mahl, was die umsitzenden Gäste vorwurfsvoll zu dem ungleichen Männerpaar herüberblicken und Jeff entschuldigend die Schultern hochziehen ließ.

Danach schien der heimatlose Geselle seine Sprache wieder gefunden zu haben. Zuerst begann er mit einer unverständlichen Erklärung auf Russisch, stocherte währenddessen Essensreste aus den Zähnen und setzte seine Erzählung dann flüsternd auf Englisch fort. Sein Slang, den er wohl auf der Straße aufgeschnappt hatte, war abenteuerlich aber immer noch besser, als Jeffs Russisch. Nach seiner Einschätzung konnte sich der verhinderte Straßenräuber bestimmt auch zivilisierter ausdrücken, wenn er sich nur ein wenig Mühe gab.

Mit einem heftigen Tritt gegen das Schienbein gemahnte er ihn sich zu benehmen.

„Entschuldige, aber wenn man unter Pennern lebt und selbst einer wird, leiden die Umgangsformen."

Er sei mittellos, erzählte er, finde als russischer Künstler auch nur selten eine Beschäftigung, übernachte meistens draußen, unter Brücken, in Hauseingängen oder auf Luftschächten der U-Bahn.

Nur bei Regen oder Kälte in einem Obdachlosenheim. Seine Kleidung stamme aus einer öffentlichen Kleiderkammer, wo ihn niemand fragt, wer er ist und woher er kommt. Zu einem fremdländischen Bettler gehöre es einfach, in seiner Muttersprache zu jammern, um glaubwürdig zu sein.

„Macht viel Mitleid bei Leute", fiel er grinsend in seine Rolle zurück.

„Und deshalb haben Sie mich am Flughafen aufgegabelt und mich zu entführen versucht?"

„Mach ich nur, wenn Geld brauche und sicher bin, dass was geht. Ist einzige Quelle von Geld", gestand er freimütig und lächelte entwaffnend. „Mensch im Rollstuhl hat Null Chance und Krüppel schieben, ist perfekte Tarnung. Alle denken: was für feiner Kerl, hilft arme, kranke Menschen und wenn Fahrgast anfängt zetern und Protest, kann passiere, dass Leute haben Mitleid mit uns. Natürlich will ich Geld, hab ich auch Leistung gebracht. Hat bisher jeder kapiert, wenn ich ihn in einsame Gegend geschoben und gedroht, ihn mit Rollstuhl sitze lassen."

Seine Bauernschläue imponierte Jeff, doch dass er Menschen wie ihn als Krüppel bezeichnete, störte ihn gewaltig. Um kein weiteres Aufsehen zu erregen, sah er vorerst davon ab, den Burschen erneut zu treten.

Weil ihm sein Zufallsbekannter unter der rauen Fassade doch weniger ungehobelt erschien, als es zunächst den Anschein hatte, schlug Jeff ihm vor, er solle ihn noch eine Weile begleiten.

Einzige Bedingung, er müsse sich ordentlich benehmen und seine Pennerrolle ablegen.

Zunächst wollte Jeff dringend zur Bank, denn seit seiner Rückkehr aus Irkutsk hatte sich noch keine Gelegenheit ergeben, Geld abzuheben. Aus Vorsicht und in Kenntnis seines Geschäftsmodells, stellte Jeff dem Russen für seine Begleitung eine finanzielle Entschädigung in Aussicht. Reine Vorsichtsmaßnahme, um nicht am Ende doch noch übers Ohr gehauen zu werden. Der willigte ein, bestand seinerseits aber darauf, dass Jeff im Rollstuhl sitzen blieb. Seine Gaunerehre verlangte offenbar, für Geld auch eine gewisse Leistung zu erbringen. Jeff fand diese Einstellung äußerst sympathisch. Sie verstärkte seinen Eindruck, dass in dem abgerissenen Kerl doch ein guter Kern stecken könnte.

In der Bank wurden sie von einer aufgesetzt freundlichen, ältlichen Angestellten bedient. Als wäre Jeff ein Kleinkind im Buggy beugte sie sich betulich zum Rollstuhl herunter, als sie ihm das Bargeld aushändigte.

„Hände hoch, das ist ein Überfall!" rief jemand hinter seinem Rücken, just in dem Moment, in dem er die Scheine in der Innentasche seiner Jacke hatte verschwinden lassen.

Der Russe und er waren beim Betreten der Filiale die einzigen Kunden im Schalterraum gewesen, weshalb Jeff annehmen musste, sein neuer Begleiter habe das gerufen.

Bis sein Rollstuhl vehement herumgerissen wurde

Jeff war erleichtert als er erkannte, dass er sich getäuscht hatte.

Ein maskierter Gangster, zappelig und erkennbar von der Situation überfordert, in die er sich selbst gebracht hatte, zwang die Angestellte, das Rollgitter vor der Eingangstür herunter zu lassen, zerrte das Telefonkabel aus der Wand und suchte nach dem Hauptschalter für die Alarmanlage, fand sie aber nicht.

Hinter sich hörte Jeff, wie sein Begleiter dem Räuber auf Russisch unfreundlich klingende Sätze zurief.

„Shut up, der Kerl hat eine Knarre, das könnte ungemütlich werden", zischte er ihn an. „Da halten wir uns fein raus! Je eher der sein Geld bekommt, umso schneller hat das hier ein Ende."

„Dawaj, dawaj", drängte der Ganove die Kassiererin, die den gesamten Kasseninhalt in eine mitgebrachte Stofftasche stopfen musste

Derweil fuchtelte er mit seiner Kanone abwechseln zwischen ihr und den beiden Kunden herum.

Anfänger! dachte Jeff. Gerade Stümper sind am gefährlichsten.

Er hoffte inständig, dass der Räuber nichts von den Scheinen mitbekommen hatte, die in seiner Jackentasche steckten.

Ahnungslos über die Ereignisse im Inneren der Bank, versammelte sich draußen eine Handvoll Leute, vermutlich Kunden, die sich über die herabgelassenen Rollgitter zu dieser ungewöhnlichen Tageszeit wunderten und auf die baldige Öffnung der Filiale hofften.

Ihre Stimmen waren im Schalterraum deutlich zu hören. Ein paar Mal wurde ungeduldig am Rollgitter gerüttelt. Die ab- und anschwellende Jaulsirene eines Einsatzfahrzeugs näherte sich, drehte dann aber wieder ab. Immer panischer agierte der Gangster, dem die Geldübergabe nicht schnell genug ging. Die Geräuschkulisse von draußen schien ihn zu beeindrucken.

Als er die beiden Männer kurzerhand in den fensterlosen, von einer spastisch zuckenden Leuchtstoffröhre erhellten Tresorraum sperrte, war Jeff ziemlich erleichtert.

„Na also!", bemerkte er betont lässig, als wären damit alle ihre Probleme vom Tisch.

Erneut war er dankbar für den Rollstuhl, denn auf die einzige Sitzgelegenheit im Raum, eine alte Metallkiste, pflanzte sich breitbeinig der

Russe. Da sie nun gezwungenermaßen eine Schicksalsgemeinschaft bildeten und Pläne zu schmieden waren, wie sie hier unbeschadet wieder herauskämen, schlug Jeff vor, sich mit Namen bekannt zu machen.

Der Russe war davon wenig begeistert, jedenfalls schwieg er beharrlich.

„Mein voller Name ist Jeff DelMare, aber sag einfach Jeff zu mir", schlug er vor. Doch noch immer wollte der Russe nicht verraten, wie er heißt. Dass der Überfall ihm Angst eingejagt hatte, stand ihm ins Gesicht geschrieben und vermutlich misstraute er auch Jeff.

„OK", lenkte der geduldig ein, „dass du ein russischer Immigrant bist, hast du ja schon verraten und ich kann dein Misstrauen verstehen. Aber wie soll ich dich denn ansprechen, wenn du mir deinen Namen nicht nennst?"

„Sag Igor zu mir", zischte der Russe nervös und schlug sich mit der flachen Hand gegen die Stirn. „Hätten wir doch bloß ein paar Minuten früher diese verfluchte Bank verlassen, dann säßen wir jetzt nicht hier in der Scheiße. Noch besser, ich hätte dich am Flughafen mit deinem dämlichen Rollstuhl einfach stehen lassen!"

Zornig kickte er mit einem Fuß gegen die Metallkiste, mit dem anderen verpasste er Jeffs Gefährt einen verächtlichen Tritt. *Reiß dich verdammt noch mal zusammen!* stand im Gesichtsausdruck des Mannes, der ihm da im Rollstuhl gegenübersaß.

Der Russe auf der Kiste kniff die Augen zusammen und beschwor all die glücklichen Fügungen, denen er in seinem jungen Leben schon so viel zu verdanken hatte. Schon ein paar Mal hätte es zu Ende sein können, wenn er nicht jedes Mal so einen wahnsinnigen Dusel gehabt hätte. Seine Großeltern waren früher, als er noch ein Kind war, immer fassungslos angesichts seiner Waghalsigkeiten. Und wenn er daran dachte, wie ihm, und das war wirklich unglaublich, der Grenzübertritt in die USA geglückt war!

Wie auch immer er versuchte, sich Mut zu machen, der Arsch ging ihm auf Grundeis.

Sollte hier und jetzt seine Glückssträhne abreißen? War es jetzt wirklich schon soweit? Was für eine bekackte Schicksalsfügung, in auswegloser Lage von einem bewaffneten Gangster in einem fensterlosen Raum zusammen mit einem Typen eingesperrt zu sein, von dem er inzwischen glaubte, es wäre besser gewesen, ihm nie begegnet zu sein.

„Mach dir bloß nicht ins Hemd", ertappte ihn Jeff bei seinen trüben Gedanken. „Früher oder später wird man uns hier finden. Um die Ecke bringen wird uns der Ganove gewiss nicht. Ist ein Kleinkrimineller, nur scharf aufs Geld. Leute erschießen ist für den eine Nummer zu groß."

„Ja, ja", brauste der Russe auf, „du hast gut reden. Bist amerikanischer Staatsbürger, deine Papiere sind Ordnung und es liegt vermutlich nichts gegen dich vor. Aber wenn die Polizei hier auftaucht, Papiere sehen will, die ich nicht habe und man mich zurückschickt, wo ich hergekommen bin, dann bin ich in den Arsch gekniffen!"

Jeff grinste ungerührt und war die Ruhe selbst.

Blöder Hund, dachte sein Mitgefangener. Sitzt da in seinem Rollstuhl, den er nicht braucht, und kümmert sich einen Dreck um die Dinge, die da kommen werden. Dem ist doch scheißegal, was mit mir geschieht.

„Hör gut zu, du Lämmerschwanz, ich hab da eine Idee. Lass uns die Plätze tauschen. Sofort!", befahl Jeff, erhob sich und drückte seinen verdutzten Begleiter in den Rollstuhl.

„Ab jetzt bist du der Krüppel", fauchte er ihn an. „Damit du kapierst, wie das ist und dieses Wort für immer aus deinem Sprachgebrauch streichst", rächte er sich. „Du spielst meinen bemitleidenswerten Neffen, kannst nicht sprechen und bist geistig verwirrt. Kein einziges Wort sagst du. Hast du das verstanden? Dann merkt auch niemand, dass du kein Amerikaner bist und will Papiere von dir sehen. Von Krüppeln und Idioten will das niemand wirklich wissen. Zeig mal, was du draufhast".

Ein paar Kostproben seiner neuen Rolle zu geben, fiel Igor nicht schwer und sobald Jeff nicht zufrieden war, griff er ein.

Er wolle wild verdrehte Augen sehen, feuerte er ihn an, unkontrolliert schlackernde Arme und unablässiges Sabbern. Das wirke echt und halte Neugierige, besonders übereifrige Cops, auf Distanz.

Weinen und Jammern sei auch immer äußerst wirkungsvoll und mache Eindruck.

Ihre Probe war gerade zu Ende, als von außen ein Schlüssel ins Schloss gesteckt und die schwere Tür geöffnet wurde.

Wie auf Knopfdruck spulte Igor sein Programm ab, was die Polizisten tatsächlich mächtig beeindruckte. Genau wie Jeff es vorhergesagt hatte, wollten sie überhaupt nichts von Igor wissen.

Jeff seinerseits lenkte sie perfekt ab, redete wie ein Wasserfall und übergab ihnen unaufgefordert seine Papiere. Er beschrieb den Tathergang, noch bevor er überhaupt danach gefragt worden war und schilderte, was ihm an dem Räuber besonders aufgefallen war.

Bereitwillig unterzeichnete er das Protokoll. Nebenbei tischte er den Ordnungshütern eine krasse Lügenstory auf.

Die Jammergestalt im Rollstuhl, sei sein Neffe, der ihm von seiner armen Schwester nach dem plötzlichen Tod ihres Ehemannes vorübergehend anvertraut worden sei.

„Und jetzt so was!", stöhnte Jeff zerknirscht. Sein Schutzbefohlener begleitete seine Erklärungen mit all den schauerlichen, wilden Gebärden und gutturalen Lauten, die er schon bei der Generalprobe gezeigt hatte und war kaum zu bändigen.

Betroffen hielten die Polizisten respektvollen Abstand zum Rollstuhl und Jeff bat sie inständig um Erlaubnis, möglichst bald den Tatort verlassen zu dürfen.

„Die ganze Aufregung, wissen Sie, das ist einfach zu viel für den armen Jungen." Es sei höchste Zeit, dass sein Neffe seine Medikamente bekomme und außerdem habe er den Verdacht, der Bursche habe schon wieder die Hosen voll.

Kaum hatte er diese Vermutung geäußert, traten die beiden Cops einen weiteren Schritt zurück.

„Für den unwahrscheinlichen Fall, dass die Gentlemen später noch Fragen an mich haben sollten, hinterlasse ich Ihnen meine Visitenkarte", sagte Jeff und nach dieser zusätzlichen vertrauensbildenden Maßnahme wurden sie entlassen.

Mitten in New York abzusteigen, erschien Jeff nach allem, was geschehen war, anfänglich zu riskant. Andererseits war nicht von der Hand zu weisen, dass gerade die Anonymität der Millionenstadt eine vorzügliche Tarnung bot. So gelangte er schließlich zur Überzeugung, je weniger sie versuchen würden sich zu verstecken, desto unauffälliger würden sie erscheinen. Er entschied sich, direkt in der Stadt zu bleiben und sobald sie zwei Blocks von der Bankfiliale entfernt waren, befahl er Igor, seine Idiotenrolle augenblicklich zu beenden.

Ein Taxi brachte sie in das Hotel, in dem er bei seinen New York Aufenthalten gewöhnlich abstieg und vom Liftboy bis zum Chef dem gesamten Personal bekannt war.

„Mr. DelMare", begrüßte ihn der Hotelmanager. „Wie schön, Sie wieder einmal in unserem Haus begrüßen zu dürfen! Aber was sehe ich da?", stutzte er und zeigte auf den Rollstuhl.

„Ach nichts weiter", wiegelte Jeff ab.

Nach einer kleinen Operation habe er noch nicht wieder zu seiner vollen Leistungsfähigkeit zurückgefunden. „Aber sie wissen ja wie das ist, die Geschäfte nehmen auf so was keine Rücksicht." Diesmal benötige er allerdings ein Apartment mit zwei Schlafzimmern und deutete auf seinen jungen Begleiter.

„Ein Verwandter auf der Durchreise", erklärte er dem Empfangschef, dem es genügte, dass nur Jeff den Meldezettel ausfüllte. Es fiel ihm im Moment auch nichts Besseres ein, als Igors abgerissenen Zustand damit zu erklären, dass er seinen Neffen zufällig am Flughafen getroffen habe, als der von einer mehrwöchigen Treckingtour zurückgekommen sei.

„Schauen Sie ihn bloß nicht so genau nur an! Ich schäme mich ja fast ein wenig hier mit ihm aufzutauchen! Aber meinen lieben Neffen muss ich einfach ein wenig unter die Fittiche nehmen. Das bin ich dem Sohn meiner Schwester und nicht zuletzt auch ihr schuldig." Der Junge benötige dringend frische Kleidung. Ob er ihm den Gefallen tun könne, bat er den Concierge, fürs erste eine Jeans, Unterwäsche und ein Hemd in der Größe seines Neffen zu besorgen? Diskret schob er ein paar Scheine über den Tresen und flüsterte ihm zu, er könne den Rest für sich behalten.

Zuerst schickte er Igor ins Badezimmer.

Kaum in der Wanne, begann der vernehmlich und mit schöner Baritonstimme ein fröhliches, russisches Volkslied anzustimmen.

„Shut up, hast du sie noch alle!", fauchte Jeff durch den Türspalt.

„Kannst du nicht was anderes singen?" Daraufhin stimmte Igor Schuberts *Abschied* an. Jeff erkannte es sofort.

Gut möglich, dass er zuhause sogar die Partitur besaß.

Aber jetzt mochte er so was nicht hören.

Es klopfte und die bestellten Kleidungsstücke wurden gebracht. Er reichte sie Igor ins Bad. Offenbar schien alles zu passen, denn es war von drinnen keinerlei Kommentar zu vernehmen. Wenig später traute er seinen Augen nicht, als ein eleganter, glattrasierter junger Mann mit frisch gewaschener Künstlermähne in Jeans und Hawaiihemd ungläubig strahlend das Badezimmer verließ.

„Spasibo, Thanks a lot! Obwohl ich noch nicht so recht begriffen habe, warum du das alles für mich tust."
Das heiße Bad, die Rasur und die frischen Klamotten verwandelten seinen jungen Freund nicht nur äußerlich vollkommen.

„Ich heiße übrigens nicht Igor, sondern Juri", begann er mit unverhoffter Offenheit zu erzählen. „Mein Djeduschka erzählte mir einmal, seine Tochter habe seinerzeit diesen Namen für mich gewählt, weil sie Gagarin verehrte und hoffte, ihr Junge würde auch einmal so ein Draufgänger werden. Ein bisschen bin ich das dann ja wohl auch geworden", lachte er. „Später habe ich versucht, mein Temperament als Schauspieler auszuleben. Und ein mittelmäßiger Sänger ist auch aus mir geworden. Hast es ja eben selbst gehört."

„Wie Mütter halt so sind, sie hätte bestimmt lieber einen kleinen Gagarin als Sohn gehabt, stimmt´s?", wollte Jeff mehr über seine Herkunft aus ihm herauslocken."

„Was letztlich aus mir geworden ist, weiß sie nicht. Und ich weiß nicht, wie Mütter so sind", bekam er zögernd zur Antwort. „Ich erinnere mich nur, dass sie eines Morgens nicht wie sonst am Frühstückstisch saß. Oma und Opa weinten und irgendwann weinte ich solidarisch mit, ohne zu wissen, warum. Ich war noch zu klein, um das zu begreifen und wahrscheinlich haben sie mir auch nur erzählt, was ein Kind eben verstehen kann. Die volle Wahrheit wird es nicht gewesen sein und es war mir lange Zeit auch nicht so wichtig. Meine Großeltern waren ja da. Das war meine Familie, bei ihnen hat es mir an nichts gefehlt. Sind leider beide zu früh gestorben."

Nachdenklich blickte er an sich herunter, drehte sich mehrmals vor dem großen Wandspiegel, als betrachte er einen Fremden, musste lächeln und wandte sich dann wieder Jeff zu.

„Sag mal, hast du eigentlich Frau und Kinder?"

Stumm zeigte Jeff ihm den Vogel und rollte die Augen.

Der könnte jetzt ruhig auch mal was von sich rauslassen, dachte Juri, nachdem er selbst sein halbes Leben vor ihm ausgebreitet hatte. Doch der sture Hund machte keinerlei Anstalten.

Schon während Juri erzählt hatte, war Jeff aufs Bett gesunken und presste beide Fäuste in den Bauch.

„Lass mich, geht gleich vorüber. In meinem Koffer sind Medikamente, die bringst du mir. Und ein Glas Wasser."

Draußen im Vorraum öffnete Juri den kleinen Rollkoffer, der die ganze Zeit unter der Sitzfläche des Rollstuhls gesteckt hatte. Medikamente lagen gleich oben auf. Daneben verschiedene geöffnete Briefumschläge mit dem Logo eines Krankenhauses in Portland/OR. Einer davon, mit New Yorker Poststempel, war an Mr. Jeff DelMare in Portland adressiert und trug auf der Rückseite nichts weiter als den handschriftlichen Namenszug *Kathy*.

Juri brachte Wasserglas und Medikamente. Jeffs Hand zitterte vor Gier wie die eines Junkies. Ungeduldig verlangte er, ihm aus jeder Blisterpackung jeweils eine Tablette in seine erwartungsvoll geöffnete Hand zu drücken, dann spülte er den Cocktail mit einem großen Schluck Wasser herunter und sank sichtlich erschöpft zurück aufs Bett. Mit geschlossenen Augen lag er da, die Arme hinter dem Kopf verschränkt. Allmählich wich die Spannung aus seinem Körper, er atmete wieder entspannter und fiel augenblicklich

in einen tiefen Schlaf.

Wenn er mir schon von sich aus nichts erzählen will, muss ich wohl selbst versuchen, mehr über meinen Gönner herauszufinden, beschloss Juri. Auf Zehenspitzen verließ er das Zimmer.

Außer den Briefumschlägen enthielt Jeffs kleiner Koffer nichts von Interesse. Klar, das Kuvert mit dem handschriftlichen Namenszug ging ihn nichts an. Aber aus der Klinikpost hoffte er zu erfahren, was mit Jeff los war. Bis auf einen enthielten die Umschläge Rechnungen für Untersuchungen und Behandlungen, die erst wenige Wochen zurücklagen. Das jüngste Schreiben trug die Unterschriften mehrerer Ärzte des Vincent Memorial Hospital in Portland und schien eine Art Gutachten zu sein. Viele der Fachausdrücke blieben ihm ein Rätsel und er hätte deren Bedeutung wahrscheinlich selbst auf Russisch nicht verstanden. Doch das Wenige, was Juri von dem medizinischen Kauderwelsch zu verstehen glaubte, klang ernst.

Besonders der letzte Satz des Schreibens:

In einem ausführlichen Gespräch wurde der Patient über unsere Diagnose einer akut lebenszeitbegrenzenden Erkrankung aufgeklärt, sowie mögliche Behandlungsoptionen mit ihm besprochen.

Wie der Retter der Entrechteten hockte Jeff im Traum in voller Rüstung und mit feuerrotem Helmbusch rittlings auf seinem Rollstuhl wie auf einem Schlachtross. Lächerlich kam er sich vor, doch außer ihm schien sich niemand der Umstehenden an diesem Bild zu stören. Er befand sich inmitten einer großen Volksversammlung unter freiem Himmel und erläuterte der Menge seinen Plan, den Drachen zu töten, um ihm nicht weiter schutzlos ausgeliefert zu sein. Die Menschen umringten ihn, bewunderten und lobten seinen Mut. Als er ihnen vor Augen führte, dass jeder einzelne von ihnen von diesem Untier bedroht sei, ging ein ungläubiges Raunen durch die Reihen. Außer Jeff standen vor der Menschenmenge weitere tapfere Recken, die es mit dem Drachen aufnehmen wollten. An ihren weißen Kitteln waren sie leicht zu erkennen. Kopfschüttelnd fingerten sie an seiner Panzerung herum und wollten wissen, womit er sie präpariert habe, um sich gegen das Untier zu schützen. Als der König in prächtigem Ornat erschien, wurde es mucksmäuschenstill. Gemessenen Schrittes kam er direkt auf Jeff zu und je näher er kam, desto mehr ähnelte er Finch. Wie ein Lauffeuer ging die Kunde von Mund zu Mund, der König habe sogar eine Belohnung ausgesetzt für denjenigen, dem es gelänge, die Geisel der Menschheit zu besiegen. Das Monster sei landauf, landab dafür bekannt, hinterhältig an seine Opfer heranzuschleichen und gäbe sich erst zu erkennen, wenn es ihm bereits gelungen war, ihr Blut zu vergiften. Beinahe unbemerkt löste sich jetzt aus der Menge ein kleines Grüppchen. Klapperdürre, kahlköpfige

Wesen mit bleichen, ausgemergelten Gesichtern. Es waren diejenigen, die gerade noch einmal mit dem Leben davongekommen waren, nachdem sie das Ungetüm schon in den Klauen gehalten hatte. Für alle Zeiten unsichtbar blieben hingegen die armen Schweine, die beim Versuch, das Raubtier zu besiegen, den Tod im Rachen der Kreatur gefunden hatten. Nachdrücklich machte der König seinen Untertanen klar, dass es bisher zwar einige Male gelungen sei, den Drachen für kurze Zeit in die Schranken zu weisen, es aber noch niemand geschafft habe, ihn zu töten, so dass er weiter nahezu unbehelligt sein Unwesen treiben könne. Ein Seufzer der Erleichterung löste sich aus den Mündern der Umstehenden, als er verkündete, Rettung sei nahe. Ein tapferer Mann aus seinem Hofstaat - und dabei deutete er auf Jeff - seit vielen Jahren engster Vertrauter und für seinen unermüdlichen, kämpferischen und stets erfolgreichen Einsatz auch in schwierigen Fällen geschätzt, sei nun furchtlos angetreten, den Kampf aufzunehmen. Nach einzelnen Hurra- und Bravorufen hob ein allgemeines Freudengeheul an und Jeff erwachte schweißgebadet.

Am Bett saß Juri und glotzte ihn mit großen Augen fassungslos an. „Was war das denn?", fragte er verdutzt.

„Ich sitze schon eine Viertelstunde hier und habe dich beobachtet.

Es sah aus, als ob du gegen Windmühlenflügel kämpfen würdest."

Der Traum hielt ihn noch derart gefangen, dass er außerstande war, auf Juris Frage zu antworten.

Im Zimmer herrschte Totenstille, nur durch das geöffnete Fenster drangen ferne Verkehrsgeräusche, Stimmen, Lachen und das verschnupfte Tuten eines Schiffes.

Jeff fühlte sich entscheidend besser. Die Reise, die Begegnung mit Juri und die Erlebnisse des Tages hatten ihn doch mehr geschlaucht, als er sich eingestehen wollte.

Juri brachte ein neues Glas Wasser und Jeff warf nochmals ein paar von diesen Tabletten ein, die er aus der Klinik mitgenommen hatte. Sobald er glaubte, Jeff sei wach genug, um darüber sprechen zu können, konfrontierte er ihn mit den Kofferfunden.

„Auf der Suche nach den Medikamenten bin ich darauf gestoßen", begann er vorsichtig das Gespräch.

„Einen Scheißdreck geht dich das an, verdammt noch mal", polterte Jeff los. „Das ist ja wohl das Allerletzte. Schnüffelt in meinen Sachen rum, während ich schlafe. Das hat mir grade noch gefehlt. Wenn ich dir nicht vertrauen kann, trennen sich ab sofort unsere Wege. Aus, Basta, Feierabend."

Vermutlich beruhigte er sich deshalb wieder so schnell, weil Juri seine Anwürfe kommentarlos an sich abtropfen ließ, seinem Blick nicht auswich und still, aber keineswegs eingeschüchtert sitzen blieb. Denn Jeffs Augen sagten etwas anderes als sein Mund.

Mit übergeschlagenen Beinen und vor der Brust verschränkten Armen saß Juri da und wartete. Es brauchte mehrere Minuten, bis Jeff sich einen Ruck gab.

„Ich weiß genau, was in den Briefen steht. Den Schwachsinn haben mir die in Portland in der Klinik permanent einreden wollen. Bin ich denn blöd und lass mich von denen für dumm verkaufen? Wirst du eingeliefert, bist du ausgeliefert. Ich hab Null Bock, meine Tage in einer Klinik zu verbringen, von irgendwelchen dienstgeilen Medizinern mit Medikamenten vollgestopft und dazu ständig von angeblich wohlmeinenden Menschen bedauert zu werden. Und wenn du nicht tust, was die wollen, dann hast du schlechte Karten. Ein Leben lang bin ich ein freier Mensch gewesen und so bleibt das auch", begründete er seinen Entschluss, jegliche Behandlung abzulehnen. Dass ein Tumor, wenn es denn überhaupt einer ist, keine Erkältung sei, wisse er auch. Da sei er schon mit ganz anderen Problemen fertig geworden und lasse sich so leicht nicht einschüchtern, redete er sich zunehmend in Rage. Nirgends werde die Rechnung ohne den Wirt gemacht, und wenn der Wirt Jeff DelMare heißt, sowieso nicht! Basta!

Selbst wenn meine Tage tatsächlich gezählt sein sollten, so will ich sie erst recht auskosten. Nicht hier, in der Millionenstadt, nein, draußen in der Natur, am liebsten am Meer oder auf hoher See.

Das steckt vermutlich schon in meinen Genen.

Generationen meiner italienischen Vorfahren waren Fischer.

Früher gab es in meinem Leben eine Zeit, da war mir meine Herkunft peinlich. Heute fühle ich mich meinen Wurzeln und meiner italienischen Heimat wieder sehr nah".

Dann zählte er eine lange Liste von Dingen und Orten auf, die er alle noch erleben oder wiedersehen wollte.

„Für den unwahrscheinlichen Fall, dass die Weißkittel doch recht haben sollten und ich in absehbarer Zeit den Löffel abgeben muss."

Rührung übermannte ihn. Je länger die Aufzählung seiner Wünsche geriet, desto feuchter wurden seine Augen. Mit dem Handrücken wischte sich der coole Hund mehrmals die Tränen von der Wange. Schnell fing er sich wieder.

„Ohne verlässliche Begleiter schaffe ich es wohl nicht, die ganze Liste abzuarbeiten, so viel hab ich schon bei meiner Flucht aus dem Krankenhaus kapiert. Und dann bist du mir über den Weg gelaufen. Warum nicht der?", dachte ich, „so einer wie der, könnte es sein."

Juri traute dieser plötzlichen Wandlung nicht, mahnte sich zur Vorsicht. Erst führt sich dieser Mensch auf wie ein Wildpferd, und plötzlich gibt er von jetzt auf gleich seinen Widerstand auf und wird handzahm. Irgendwann schlägt der Gaul wieder nach hinten aus, da war Juri sich fast sicher.

Er verkniff sich weiterhin jegliche Regung. Deutlich spürte er, wie sehr es Jeff drängte, noch mehr aus seinem Leben zu offenbaren. Ohne Bedauern begann er von seiner Ehe zu erzählen, die er in den Sand gesetzt hatte, von seiner beruflichen Belastung und den Geschäftsreisen, die ihn oft nach Russland, Asien und in osteuropäische Staaten geführt hatten. Seit Jahren schon komme er auch nach New

York. Zu einer Frau, mit der er schon zu Zeiten seiner Ehe ein Verhältnis habe.

„Kathy ist meine Geliebte, meine Vertraute, meine Insel, mein Zentrum." Dann machte er eine kleine Pause und strahlte übers ganze Gesicht. „Wenn ihr euch vielleicht bald schon einmal begegnet, wirst du mich verstehen."

„Das hat Zeit", holte ihn Juri, dem das Ganze nun doch zu persönlich und gefühlig wurde, aus seinen Schwärmereien zurück. „Ich halte es für wichtiger, erst einmal einen Arzt aufzusuchen!", gab er zu bedenken und fasste Jeff beschwichtigend um die Schulter. „Deine Medikamente sind jetzt vorrangig und vor allem die Rezepte dafür."

„Das hast du also auch schon gecheckt. Hättest so ein verfickter Securityfuzzi werden sollen, wenn du so gerne in fremder Leute Sachen herumwühlst", bäumte er sich auf und knickte sogleich in einer Mischung von Vorwurf und Dankbarkeit kleinlaut wieder ein.

„Hast wahrscheinlich recht."

„Ich kümmere mich drum ", versprach Juri.

Der Arzt, war ein einsilbiges Faktotum von gebeugter Gestalt und gelblicher Gesichtsfarbe. Kaum hatte er den Raum betreten, roch es wie in einem Asia-Imbiss.

Ob sich der Leisetreter überhaupt vorgestellt hatte, war Jeff entgangen. Er erinnerte nur den Händedruck, der eigentlich keiner war, weil er sich anfühlte wie eine eingeweichte Semmel.

Immerhin stellte der komische Vogel keine Fragen und versuchte auch nicht Jeff zu irgendetwas zu überreden. Kommentarlos blätterte er durch die Papiere des Krankenhauses, hüstelte trocken, wiegte kaum merklich den Kopf, tastete oberflächlich an Jeffs Bauch herum, maß Puls und Blutdruck und leuchtete ihm mit einer Taschenlampe in die Augen. Dann kritzelte er schwungvoll auf mehreren Blättern seines Rezeptblocks herum, riss sie ab und legte sie auf den Tisch.

Das Honorar verlangte er sofort und in bar.

Jedenfalls war für die nächste Zeit Jeffs Medikamentenversorgung sichergestellt. Was wollte man mehr? Die Aussicht, sich damit wenigstens eine Weile Schmerzfreiheit erkauft zu haben, machte Jeff gute Laune.

Kaum war das Gelbgesicht entschwunden, rückte Juri mit der Idee heraus, Jeff solle eine Wahrsagerin aufsuchen. Es könne nicht schaden, auch von dieser Seite zu erfahren, was mit ihm los sei.

Er selbst sei gleich nach seiner Ankunft in New York in eigener Sache schon einmal bei einer Hellseherin gewesen und könne sie Jeff nur empfehlen.

Was er von Juris Vorschlag hielt, behielt er für sich.

Schon für den folgenden Tag wurde ein Termin vereinbart. Sich lange dagegen zu sträuben und Juri vor den Kopf zu stoßen, wollte er dann doch nicht riskieren.

„Also gut, was soll's, eine weitere Erfahrung in meinem Leben. Bringt wahrscheinlich nichts, schadet aber auch nicht. Dann hab ich morgen Kathy was zu erzählen, die glaubt an so was."

Zur vereinbarten Zeit fanden sie sich bei der Wahrsagerin ein.

Singend und von derben russischen Flüchen unterbrochen, hatte Juri den Rollstuhl im Slalom und mäßigem Erfolg durch die zahlreichen Hundehaufen gesteuert, mit denen die Gehsteige übersät waren.

Madame residierte in einem kleinen, rot getünchten Holzhäuschen in der Griffith Street. Über dem Eingang ein von schlanken Säulen gestütztes Vordach. Das zweistöckige Haus mit dem runden Türmchen an der einen und einem verschindelten Giebel an der gegenüber liegenden Seite, hatte schon bessere Zeiten erlebt. Verglichen mit anderen Häusern in Hoboken, machte es aber noch einen ziemlich ordentlichen Eindruck.

Am Haus selbst deutete nichts auf die darin angebotene Dienstleistung hin. Kein Namensschild, kein Klingelknopf, keine Glocke. Nichts. Nur ein eiserner Türklopfer, den Juri mehrmals kurz hintereinander betätigte.

Lange Zeit rührte sich nichts.

„Wir dürfen jetzt nicht ungeduldig sein", weihte er Jeff in die Gepflogenheiten ein, „Ruzanna hat es gar nicht gerne, wenn sie gedrängt wird."

Also warteten sie.

Endlich Geräusche hinter der Tür.

Sie wurde einen Spalt breit geöffnet, gerade soweit, wie es die Sicherungskette zuließ. Juri nannte seinen Namen, was mit einem zufriedenen Grunzen quittiert wurde. Man hörte, wie die Eisenkette entriegelt wurde, und kurz darauf konnten sie die unbeleuchtete Diele betreten.

„Mach hinter dir die Kette wieder vor!", schnarrte eine rauchige Stimme.

Das Studio lag im Erdgeschoss hinter einer unauffälligen Wohnungs- tür. Die beiden Besucher folgten der seltsamen Gestalt in einen noch dunkleren Raum am Ende des Ganges. Mit einer Handbewegung be- deutete sie Jeffs Rollstuhlchauffeur, er möge seinen Fahrgast am Tisch ihr gegenüber abstellen und wies ihn an, für die Dauer der Sit- zung draußen zu warten.

Nach und nach gewöhnten sich Jeffs Augen an die Dunkelheit. Die Dimensionen des Raumes und seine Möblierung traten nun deutlicher hervor. Alle vier Wände des Salons waren bis unter die stuckverzierte Decke mit dunklem Samt verkleidet.

Kerzen eines dreiarmigen Leuchters erhellten nur schwach Ruzannas runzelige Züge. Auf dem Kopf trug sie ein Diadem, von dem ein flacher Mondstein bis auf die Stirn herabhing. Die Schwerfälligkeit, mit der die Seherin im knöchellangen Gewand vor ihren Klienten hergeschlichen war, hatte ihre Jahre verraten.

„Worüber möchtest du von mir erfahren, Fremdling?", fragte sie geheimnisvoll, nahm, ohne die Antwort abzuwarten, Jeffs rechte Hand und beschnupperte sie ausführlich. „Aha, ich weiß schon", ver- kündete sie.

„Ich rieche eine Krankheit. Du nimmst starke Medikamente. Und nun möchtest du wissen, wie deine Zukunft aussieht."

Na großartig, was wohl sonst, dachte Jeff.

Lange sagte sie nichts mehr. Im Kerzenschein vollführten ihre Hände ein bizarres Schattenspiel an den Wänden.

„Da heißt es, sich behutsam heranzutasten", murmelte sie mit rollendem R, ergriff ein weiteres Mal Jeffs rechte Hand, um sie diesmal mit einer starken, beleuchteten Lupe von beiden Seiten zu betrachten.

Weshalb nur habe ich mich auf diesen Hokuspokus eingelassen, haderte Jeff.

„Deine Herzlinie", fuhr sie fort, „verrät mir, dass eine mehrjährige Ehe in die Brüche gegangen ist. Wie ich sehe, gibt es da eine andere Frau. Das geht schon lange so mit euch. Schon während du noch verheiratet warst", mäkelte sie herum.

Am liebsten hätte er ihr seine Hand entzogen, doch als sie seine Absicht bemerkte, ließ sie es nicht zu.

Nicht einmal das konnte er also vor ihr verbergen.

„Hände sind wie ein Buch, in dem ich lese, glaube mir. Du hast bei dieser anderen Frau die Wärme und Nähe gefunden, die du dein Leben lang gesucht hast. Sie ist eine zuverlässige, ehrliche Frau, nicht wohlhabend, aber reich an Gefühlen. Und sie kann dir geben, was du brauchst. Undeutlich sehe ich da noch eine weitere Person, die sich mir aber nicht zu erkennen gibt. Noch nicht", bemühte sie sich, Neugier zu wecken und gab vor, ihre Imagination schärfer zu fokussieren, was aber ohne Ergebnis blieb.

Mit allen Wassern gewaschen, die ranzige Alte, musste Jeff anerkennen.

„Kommen wir zurück zu deiner Gesundheit", murmelte sie und knirschte mit den Zähnen. „Deine Lebenslinie zeigt mir ein Problem, das gelöst werden will."

Sie griff nach einem Stapel Tarotkarten, mischte ihn gründlich durch und blätterte eine nach der anderen offen auf den Tisch.

„Karten sind die Sprache zwischen der Geistwelt und den Menschen", erklärte sie wichtigtuerisch. „Ich bin lediglich das Medium und übertrage nur, was der Geist mir befiehlt."

Bei geschlossenen Augen rollte sie mit ihren faltigen Fingern in langsamen, kreisenden Bewegungen die Glaskugel über die ausgebreiteten Karten. Manchmal hielt sie inne und sobald die Kugel auch nur für eine Sekunde zum Stillstand kam, ächzte die Alte leise vor sich hin, als verursache ihr das Schmerzen.

„Jetzt sehe ich das Problem klar und deutlich", flüsterte sie nach langem Schweigen wie im Selbstgespräch. „Bereits deine Lebenslinie offenbart, dass du ein Mensch voller Energie bist, zupackend und erfolgreich im Beruf. Du hast die letzten Jahre bestens funktioniert, aber wenig gelebt und noch weniger auf dich geachtet."

Wieder machte sie eine lange Pause, verbarg Augen und Gesicht unter ihren Händen und täuschte höchste Konzentration vor.

„Dein Problem steckt voller Heimtücke. Ich habe es schon am Geruch deiner Hand vermutet. Jetzt haben es die Karten bestätigt." Nach dieser bahnbrechenden Erkenntnis, für die sie ein Schweinegeld verlangte, sank ihr Oberkörper vornüber auf den mit Karten übersäten Tisch.

Nichts, aber auch gar nichts von ihrem Geschwätz war ihm neu. Wahrscheinlich belatschert sie jeden, der zu ihr kommt mit ihren Binsenwahrheiten. Stocksauer knallte Jeff das vereinbarte Honorar zwischen die Karten, dass die Kerzen flackerten.

Erst jetzt bemerkte er die Hitze im Raum.

Dabei war ihm kalt.

Kein einziges Wort brachte er über die Lippen, als sie sich auf den Rückweg machten. Seine Finger trommelten auf die Armlehnen des Rollstuhls. Nicht einem bestimmten Rhythmus folgend, sondern aus schierer Nervosität. Hatten Ruzannas Weissagungen ihn aus der Fassung gebracht oder war er verärgert?

Juri war überzeugt, es wäre Jeff nichts lieber gewesen, als neugierige Fragen gestellt zu bekommen. Aber diesen Gefallen wollte er ihm keinesfalls tun. Ist es ihm wichtig, wird er es mir schon sagen, zügelte er seine Ungeduld und konzentrierte sich auf die Zickzack-Fahrt um die Kackhaufen.

„Mensch, pass doch auf die Tretminen auf!"

Jeff ruderte mit den Armen.

„Stopp, Anhalten!", rief er unvermittelt. „Schieb mich gefälligst ein Stück zurück, ma subito!"

Juri legte den Rückwärtsgang ein. Als sie wieder vor dem Schaufenster des Reisebüros zum Halten kamen, flüsterte sein Fahrgast wie verzaubert: „Genau das wäre es doch. Was meinst du? Kommst du mit?"

ALASKA EXPERIENCE

prangte auf einem großen Plakat hinter der Scheibe.

„Hast du gesehen, was das kostet?", fragte Juri erschrocken zurück.

„Ach was! Scheißegal! Das lass mal meine Sorge sein. Ich muss nur wissen, ob du mich begleiten würdest."

Jeff brannte vor Begeisterung und verlangte von der Agenturdame weitere Einzelheiten der Reise zu erfahren.

Drei Wochen auf einem Luxusdampfer entlang der Westküste nordwärts über Juneau, Valdez bis hinauf nach Seward, den Hafen von Anchorage, und wieder zurück nach San Francisco! Vorbei an mächtigen Gletschern mit Passagen des Prince William Sounds und mehrerer spektakulärer Fjorde.

Juri wurde immer mulmiger zumute und er hatte zunehmend Mühe, den Schilderungen der Reiseberaterin zu folgen.

Bis vor wenigen Tagen war er noch Stammgast in einer Obdachlosenunterkunft, dann, ebenso grundlos wie unverdient, Bewohner eines schicken Hotelapartments und demnächst Passagier auf Traumreise in der geräumigen Suite eines Luxusliners. Er brauchte sich nur zu entscheiden.

Und wo war der Haken an der Sache? Will Jeff ihn von sich abhängig machen oder ist das hier nur die Fortsetzung ihres Kräftemessens? Wäre es wirklich klug, sich wie ein Stricher aushalten zu lassen?

Im Leben kriegst du nichts geschenkt und nichts auf dieser Welt ist Zufall. Lebensmaximen seiner Großeltern.

Irgendeine Gegenleistung würde Jeff verlangen, da war Juri sich sicher.

Je mehr die Reiseexpertin von den Highlights der Kreuzfahrt schwärmte, desto euphorischer wurde Jeff. Es bedurfte keines ausgeprägten Scharfsinns, um zu erkennen, dass es sich bei dem Kunden um den vermögenden Gast handelt, den irgendwelche Kosten einen Dreck scheren, einer, der allein auf Spaß, Luxus und Abenteuer aus ist.

Juri schwirrte der Kopf bei jeder Summe, die genannt wurde.

Allein die Beträge, die für Ausflüge mit dem Wasserflugzeug, die Touren mit dem Snowmobil oder die Husky-Schlittenfahrten zu Buch schlugen, waren atemberaubend.

Fieberhaft überlegte er, wie er aus dieser Nummer unbeschadet wieder herauskäme, als Jeff plötzlich vernehmlich stöhnte, sich beide Fäuste in den Bauch presste und drängte, auf dem schnellsten Weg zurück ins Hotel zu kommen.

Verlegen erklärte Juri der verdutzen Angestellten den Grund für ihren hektischen Aufbruch, bat sie, ein Taxi zu rufen und brachte Jeff zurück ins Hotel.

Der rief noch unter der Tür:

„Wir kommen wieder, todsicher. Diese Reise will ich machen. Diese Reise werde ich machen. Komme, was da wolle!"

Juri war erleichtert, dass ihm diese Wendung wenigstens ein wenig Bedenkzeit verschaffte. So vieles sei doch noch zu regeln, bevor sie eine solche Reise unternehmen können, gab er zu bedenken.

„Oder glaubst du im Ernst, mit den paar Klamotten in deinem Rollköfferchen könntest du eine dreiwöchige Seereise antreten", versuchte Juri ihn auf den Boden der Realität zurück zu holen. Doch Jeff wischte mit einer verächtlichen Handbewegung alle Einwände beiseite und gab unzweifelhaft zu verstehen, was er von diesen kleinkrämerischen Bedenken hielt. „Von meiner kargen Ausrüstung ganz zu schweigen", setzte Juri hartnäckig nach. „Hab ja noch nicht mal einen Koffer! Selbst die Klamotten, die ich am Körper trage, gehören mir nicht, ich trage sie nur, weil du sie mir besorgt hast. Die Jeans und das frische Hemd sind zwar nagelneu, für eine solche Reise aber zweifellos nicht ausreichend."

Jeff ließ sich durch keines der Argumente von seiner Idee abbringen. Ob er sein Gesicht vor Schmerz oder aus Ärger verzog, war nicht auszumachen.

Doch die Art und Weise, wie er versuchte, seinen Begleiter wie einen dummen Jungen aussehen zu lassen, seine unverhohlenen Versuche, ihn zu verunsichern und zu korrumpieren, ärgerten Juri und nagten gleichzeitig an seinem Selbstbewusstsein.

Wie ein auf den Leim gegangenes Insekt kam er sich vor, chancenlos, aber verzweifelt zappelnd. Mein Gott, wie bescheuert du dich anstellst, tadelte eine innere Stimme.

Zierst dich wie die Zicke am Strick. Dir wäre es also tatsächlich lieber, zurück zu den Pennern auf die Straße zu gehen? Was ist denn schon dabei? Der Alte hat jede Menge Dollars, die reichen für euch beide bis ans Ende der Welt. Ein schlichtes Ja zu seinen Plänen und du bist alle deine Sorgen los.

Juri erschrak bei der Erkenntnis, dass seine berechtigten Zweifel offenbar bereits dabei waren, sich zu verflüchtigen.

Nach Einnahme seiner Medikamente legte sich Jeff aufs Bett und winkte ihn zu sich heran. Offenbar war die Schmerzattacke dieses Mal weniger heftig gewesen als am Tag zuvor. Er wollte ganz offensichtlich etwas loswerden. Bockig und schweigsam rückte Juri einen Stuhl neben Jeffs Bett, machte aber nicht den Eindruck, als wäre er scharf auf ein sachliches Gespräch.

Situationen wie diese waren sein tägliches Brot bei den Verhandlungen mit schwierigen Kunden. In solchen Fällen offensiv und gleichzeitig empathisch zu sein, zügig auf den Punkt zu kommen, war seine Spezialität und hatte noch immer funktioniert.

„Ich merke schon, mein Angebot schmeckt dir nicht", sprach er glasklar aus, was Juri dachte. „Deine Seele verkaufen zu müssen, ist es das, was du befürchtest?" Juris Blick genügte als Antwort. „Bingo, ich verstehe. Schon die Vorstellung, mir finanziell ausgeliefert zu sein, geht dir gegen den Strich, hab ich Recht? Ginge mir auch so.

Aber dafür lassen sich Lösungen finden, bei denen du das Gesicht nicht verlierst."

Juri schob beide Handflächen unter die Oberschenkel und rutschte unruhig auf der Sitzfläche hin und her. Mit einer halben Drehung wandte er sich ab und dem offenen Fenster zu. Funkstille.

„Bloody Hell, jetzt stell dich nicht so an. Das mit dem Geld kriegen wir locker hin. Worüber ich eigentlich mit dir sprechen will ist was ganz anderes, und es fällt mir, verdammt noch mal, doch schwerer, als ich dachte. Aber weshalb ein Geheimnis darum machen? Du hast ja den Arztbrief gelesen, weißt also längst Bescheid, was mit mir los ist. Die Ärzte behaupten sogar, ich sei sterbenskrank. Einige von ihnen geben mir nur noch eine verdammt kurze Frist, andere sind da zuversichtlicher. Einig sind sie sich nur darin, dass dieser gottverdammte Tumor eher früher als später zum Tod führen wird."

Er erschrak selbst bei dem Wort Tod. Würde er sich mit der Zeit überhaupt daran gewöhnen können? Mit der Zeit, mit der Zeit! Mit welcher Zeit? Mit wie viel Zeit? Wird sie ihm nicht gerade gestohlen? Bliebe ihm überhaupt für alles noch ausreichend Zeit?

Von draußen wehte die Klimaanlage lebensfrohe Küchendünste ins Zimmer, die dem Thema ein wenig die Schwere nahmen.

Aus ihren Gedankenwelten konnten sie die beiden Männer aber nicht locken.

In den Nächten vor seinem heimlichen Verschwinden aus der Klinik hatte er wenig geschlafen.

Eines Nachts hatte er sich stocksteif ins Bett gelegt, die Beine, die nackt unter seinem Flügelhemd herausragten Knie an Knie und Knöchel an Knöchel parallel nebeneinander. Die Arme verschränkt über dem Bauch malte er sich aus, wie er vermutlich schon bald genauso im Sarg liegen würde und tatenlos über sich ergehen lassen musste, wie sein Körper allmählich von Würmern zerfressen wurde. Erst krochen sie aus ihm heraus und an anderen Stellen wieder hinein. Er stellte sich vor, wie es entsetzlich anfangen würde zu stinken in der engen Kiste nachdem sich der Sargdeckel über ihm geschlossen hatte. Dann hörte er, wie die Schrauben quietschend festgedreht wurden während völlige Dunkelheit ihn umgab. Wie Geräusche jetzt nur noch gedämpft zu ihm herein drangen. Eine Orgel, ein von dünnen Stimmen gesungenes, ihm unbekanntes Lied, bis sich sein letztes Gehäuse schwankend in Bewegung setzte. Dies war die einzig angenehme, Erinnerungen weckende, Sequenz seines Traumes. Nach einer Weile endete das Schaukeln, er nahm eine Abwärtsbewegung wahr und gleich darauf, erst zaghaft, dann in schneller werdender Folge, plumpste Schweres auf das hölzerne Dach über ihm.

Die Stimmen wurden gedämpfter, verstummten schließlich.

Stille.

Das war der Moment, in dem er in heller Panik erwacht war, und sich auf dem Boden seines Klinikzimmers wiederfand.

Stumm rückte Juri auf seinem Stuhl näher, sodass sie sich nun wenigstens offen ins Gesicht blicken konnten.

„Ich weiß ziemlich genau, wie es mit mir weitergehen wird und dass ich zukünftig noch mehr als jetzt, auf Hilfe angewiesen sein werde", unternahm Jeff einen neuen Anlauf. „Deshalb biete ich dir an, nein, ich bitte dich, für die mir noch verbleibende Zeit in meine Dienste zu treten. Ich überweise dir für ein halbes Jahr im Voraus, nötigenfalls natürlich auch länger, eine gewisse Summe auf ein Konto, auf das natürlich nur du Zugriff hast. Das macht dich finanziell vollkommen unabhängig von mir. Dafür kümmerst du dich um mich und bist für alle Fälle immer in meiner Nähe. Dann könnten wir zusammen auf diese Reise gehen.

Ein fairer Deal auf Augenhöhe zwischen gleichberechtigten Partnern, findest du nicht? Beide werden wir Vorteile haben, keiner muss dem anderen dankbar sein."

Allmählich fand Juri seine Sprache wieder. Jeff spürte, wie seine Argumentation Juri überzeugt hatte, seinem Angebot näher zu treten. Wieder einmal hatte er es geschafft.

Zur Feier des Tages lud er Juri zum Abendessen ins Hotelrestaurant ein. Der edelste Tropfen des Hauses, ein 2005er St. Helena Sauvignon des Weingutes Raymond war zu diesem Anlass gerade gut genug. Kurz bevor der Ober an ihren Tisch trat, um nachzuschenken, willigte Juri ein.

Ein Handschlag besiegelte ihr Abkommen.

Jeff erzählte von seinem Telefonat mit Kathy und dass er sich für den kommenden Morgen, nach ihrem Dienstschluss, mit ihr in ihrer Wohnung verabredet habe, erhob sein Glas und prostete Juri vergnügt zu.

„Und noch etwas, Juri. Tu mir den Gefallen, am Abend einmal in der Bar vorbei zu gehen, in der sie arbeitet", bat er. „Geh alleine, mir ist die Bude zu verqualmt. Früher hat mich das nicht gestört, aber jetzt ist das nichts mehr für mich. Ich möchte, dass ihr euch kennenlernt. Vom Klavierspieler abgesehen, schmeißt sie den Laden allein. Wirst dich nicht fremd fühlen, fast alle dort sind Landsleute von dir. Kathy kann sehr emotional sein und trägt dann das Herz auf der Zunge. Kann gut sein, dass sie dir erzählt, warum sie gerade so gut drauf ist und dabei mein Name fällt. Dass wir zwei uns kennen, brauchst du ihr dann nicht auf die Nase zu binden. Sag, du seist Tourist, wenn sie dich fragt."
Juri war sofort einverstanden.

Kathy war völlig aus dem Häuschen gewesen, als sie am Telefon Jeffs Stimme gehört und erfahren hatte, dass er bereits in New York angekommen war.

„Endlich, mein Lieber, endlich bist du hier", jubelte sie erleichtert. „Komm doch gleich heute Nacht in die Bar! So wie immer! Im Hospital in Portland sagte man mir schon am Telefon, dass dein Name nicht mehr auf ihrer Patientenliste steht.

Daraus habe ich geschlossen, dass du auf dem Weg hierher zu mir bist.

Hurra - und jetzt bist du schon da!"

Ihre ehrliche Freude war ansteckend.

„Offen gesagt wäre es mir lieber, erst am Morgen, direkt zu dir in die Wohnung zu kommen. Die rauchige Luft in der Bar ist momentan nicht so gut für mich", gestand er.

„Es geht dir also noch immer nicht gut, mein Lieber?"

So besorgt klang ihre Stimme, dass er einen Augenblick lang versucht war, ihr die Wahrheit über die Art seines Abgangs aus der Klinik zu beichten. Doch wollte er sie auch nicht unnötig beunruhigen. Also blieb er die Antwort auf ihre Frage schuldig.

„Ich freue mich so wahnsinnig, dich zu sehen", jauchzte sie.

In der Bar herrschte eine Stimmung wie selten. Es wurde später als sonst, bis Kathy endlich zuhause war. Das erste Morgenrot versprach einen sonnigen Tag. Viel zu schade, um ihn zu verschlafen. Seit Jahren war es ihr Los, nachts zu arbeiten und die Tage größtenteils zu verpassen.

Noch während sie in ihrer Handtasche nach dem Hausschlüssel kramte, öffnete sich auf der gegenüberliegenden Straßenseite die Tür eines Taxis. Mit unsicheren Schritten und bedächtiger, als sie es von ihm gewohnt war, kam Jeff mit ausgebreiteten Armen auf sie zu. Er sei völlig übernächtigt, habe vor lauter Wiedersehensaufregung kein Auge zugetan, gähnte er und war hundemüde wie sie auch.

Im Bett klammerten sie sich wie Ertrinkende aneinander. Jeder auf seine Weise glücklich, schliefen sie ein. Das erste Mal erwachten sie um die Mittagszeit.

„Darling, was musst du durchgemacht haben, wie war überhaupt die Reise und wie geht es dir jetzt? Wann wurdest du entlassen und vor allem, was sagen die Ärzte", überfiel sie Jeff vollkommen gedankenlos und schämte mich sogleich dafür. Dass er auf ihren ungestümen Wortschwall so gelassen und sachlich reagierte, war neu für sie. Auf jede ihrer Fragen ging er geduldig ein, starrte, die Arme im Nacken verschränkt, an die Zimmerdecke, als erzähle er nicht von sich, sondern von einem entfernten Bekannten. Mit aufgestütztem Kopf betrachtete sie ihn von der Seite und war sich sicher, dass er nur die halbe Wahrheit preisgab.

Überzeugt, alles beantwortet zu haben, machte er dem Frage-Antwort-Spiel ein Ende und wurde plötzlich lebhaft.

„Um ehrlich zu sein, ich mag so wenig wie möglich an diese gottverfluchte Krankheit erinnert werden und noch weniger möchte ich darüber reden. Jetzt bin ich hier bei dir, deshalb geht es mir ausgesprochen gut und was morgen sein wird, sehen wir morgen."

„Trotzdem, Honey, darfst du das alles nicht auf die leichte Schulter nehmen. Ich mach mir große Sorgen um dich. Solange ich dich kenne bist du immer ein realistischer Mensch gewesen, einer, der sich nicht so leicht was vormachen lässt. Du darfst dich jetzt nicht verhalten wie ein Kind, das sich die Augen zuhält im Glauben, es sei dadurch unsichtbar."

„Du hast ja recht", gab er zögernd zu. „Das war meine erste Reaktion. Hab halt etwas Zeit gebraucht, bis ich akzeptieren konnte, dass Tricksen und Täuschen in diesem Fall wenig helfen. Aber kampflos streiche ich die Segel nicht. Wenn mich dieser Hurensohn von Tumor herausfordert, sich ungefragt in meinem Körper breitmacht, um mich fertig zu machen, soll er mich kennenlernen.
Ich stelle mich doch nicht mit ausgebreiteten Armen hin und sage: Tod, hier bin ich, nimm mich mit. Ein wenig Arbeit soll er schon noch mit mir haben, bevor er mich kriegt. Kampflos werde ich nicht aufgeben. Mein gesamtes Berufsleben habe ich das nicht getan. Und genau deshalb werde ich um mein bisschen Leben auch jetzt noch so lange wie möglich kämpfen, bevor es vorbei ist.

Mein Gott, Kathy, ich liebe dich doch und möchte dich und die Welt um mich herum noch ein Weilchen sehen, spüren und genießen. Gestern war ich bei einer Wahrsagerin. Viel Hokuspokus. Aber sie hat schnell begriffen, was Sache ist. Ich hab sie gleich verstanden."

Sie weinten beide, als er davon erzählte.

„Wenn es eines Tages wirklich so weit ist, sollst du was von meinem Vermögen erben. Dann ist Schluss mit der nächtlichen Schufterei in der verrauchten Bar. Finito, ein für alle Mal! Dann kannst du dein Leben bei hellem Sonnenschein genießen. Ich wünsch mir nur, dass du gelegentlich an mich denkst. Das wäre schön."

Ihr war jetzt überhaupt nicht danach, das Thema zu vertiefen. Bevor sie noch mehr heulen musste, kam sie lieber auf letzte Nacht zu sprechen.

„Schade, dass du in der Bar nicht dabei warst. Ich kann dir sagen, so was hatten wir schon lange nicht mehr.

Zu vorgerückter Stunde betrat ein junger Mann das Lokal.

Unwillkürlich musste ich daran denken, wie du seinerzeit zum ersten Mal bei uns aufgekreuzt bist. Vitali spielte wieder einmal so ein trauriges Stück, eines von der Sorte, die mir schon lange zum Hals raushängen.

Gut für den Umsatz aber schlecht für die Stimmung.

Der Gast, ich schätze ihn so auf Mitte bis Ende Zwanzig, bestellte zwei Wodka, einen für sich und einen für Vitali. Nichts Ungewöhnliches, passiert schon mal, du kennst das ja.

Aber kaum hatte ich die beiden Gläser auf dem Flügel abgestellt, fing er an zu singen.

Ich kann dir sagen, vom Feinsten!

Selbst die versoffensten Typen, die sonst um diese Zeit schon glasige Augen haben, reckten die Hälse. Vitali wählte dann auch flottere Melodien, aber egal, welche Weise er auch anstimmte, der fremde Sänger kannte sie alle und übertraf sich von Lied zu Lied.

Den ganzen Abend über wechselten die beiden kein Wort. Sie verstanden sich blind und harmonierten, als lägen mehrere Jahre gemeinsamer Bühnenerfahrung hinter ihnen.

In einer Pause fragte ich den jungen Gast nach seinem Namen und woher er komme. Er heiße Igor, sagte er und sei Tourist. Zum allerersten Mal in New York.

Ich sag dir, eine glatte Lüge! Vor allem, wie Igor sah der mir nicht aus. Hat wohl geglaubt, er könne eine alte Frau verscheißern.

Wenn er sich da mal nicht getäuscht hat!

Komisch nur, je länger der Abend wurde, desto mehr hatte ich das Gefühl, dem Burschen schon mal begegnet zu sein".

„Kenn ich", schmunzelte Jeff.

„Aber meistens hat man es sich dann doch nur eingebildet."

Juris Auftritt in der Bar war demnach ein voller Erfolg gewesen. Er lümmelte noch immer im Bett herum und hatte den Tag verpennt, als Jeff am Abend ins Hotel kam.

„Und, wie war es in der Bar", fragte er scheinheilig. „Wie ich gehört habe, ist es eine lange Nacht geworden." Juri brummte unwillig und drehte sich grummelnd auf die andere Seite.

„Jetzt tu doch nicht so, also wüsstet du nicht, was los war. Kathy hat dir doch alles schon brühwarm berichtet", maulte er in sein Kissen.

„Na ja, sie hat nur erzählt, dass ihr euch prächtig verstanden habt, Vitali und du. Und dass ihr den Laden gerockt habt, wie man es dort schon lange nicht mehr erlebt hat."

„Stimmt", gab er zu, wälzte sich wieder in Jeffs Richtung und sprudelte plötzlich wie ein Wasserfall. „Diese Kathy ist eine ganz heiße Nummer, aber das weißt du sicher besser als ich. Ich glaube allerdings nicht, dass Kathy ihr richtiger Name ist. Sie nennt sich nur so, ist garantiert waschechte Russin. Ihre Stammgäste wissen das, denn als einer von ihnen sie *Katinka* rief, wurde sie kurz böse. Den ganzen Abend hat sie mich beobachtet und bestimmt geglaubt, ich merke nicht, wie sie unnötige Umwege macht, nur um mit ihrem Tablett möglichst dicht am Flügel vorbei zu kommen und mich aus nächster Nähe zu beäugen.

Dabei strahlte sie mich jedes Mal an - ich kann dir sagen!"

„Ihr habt also heftig miteinander geflirtet, wenn ich das richtig sehe. Lass bloß die Finger von ihr", flachste Jeff. „Wenigstens, so lange ich noch lebe. Die paar Monate werdet ihr ja noch warten können und danach könnt ihr beiden Turteltäubchen sowieso machen, was ihr wollt. Übrigens, du hast vollkommen recht, sie ist Russin. Kathy nennt sie sich tatsächlich nur. In Wahrheit heißt sie Katharina, lebt inzwischen schon seit über zwanzig Jahren in den Staaten und hat sich eben angepasst."

„Dann habe ich sie also voll durchschaut", bemerkte Juri voll Stolz auf seine Menschenkenntnis.

„Wenn du dich da mal nicht täuschst. Da wärst du der Erste, mein Lieber, dem es gelingt, eine Frau wie sie zu durchschauen."
Dann verschwand er unter die Dusche.
Weil er genau wusste, dass Juri es hören würde, konnte er sich nicht verkneifen, ihn ein bisschen aufzuziehen.
Katinka, Katinka, Katinka, moya trällerte er unter dem warmen Strahl und bedauerte, jetzt Juris Gesicht nicht sehen zu können.

Nachdem Kathy ihm vom Abend in der Bar erzählt hatte, war sie mit einem beseelten Lächeln wieder eingeschlafen.
Jeff war aufgestanden, um seine Medikamente zu nehmen, und dann wieder sachte zu ihr unter die Decke geschlüpft, was sie mit wohligem Schmatzen quittiert hatte. Den Kopf auf einen Arm gestützt hatte er die Schlafende betrachtet und ein tiefes Gefühl der

Zufriedenheit war über ihn gekommen.

Seine Müdigkeit war wie weggeblasen und von einem wilden Gedankenkarussell ersetzt worden.

Dass Kathy und Juri sich mochten, freute ihn, nicht nur, weil er es gewesen war, der die beiden zusammengebracht hatte.

Sich jetzt darüber zu beklagen, wäre nicht fair gewesen.

Aber ein wenig eifersüchtig war er doch.

So wie diese Kathy hatte ihn schon lange keine Frau mehr angesehen. Schon gar keine, die mindestens fünfundzwanzig Jahre älter war als er. Juri konnte sich ihr nicht entziehen, noch immer kreisten seine Gedanken um die nächtliche Begegnung mit ihr. Ihre Blicke hatten ihn in einer Weise getroffen, dass er sich fühlte wie frisch verliebt. Es war ihm peinlich, dass Jeff gemerkt hatte, was los war. Warum nur war der alte Kuppler so daran interessiert, dass er Kathy kennenlernte, wollte aber bei diesem Zusammentreffen selbst nicht dabei sein? Die süffisante Art, mit der Jeff seine Verwirrung ausnutzte und sich über ihn lustig machte, wurmte Juri gewaltig, zumal er nicht wusste, was Jeff ihm ganz offenkundig vorenthielt.

„Ist doch eigenartig", startete er seine Gegenoffensive „Kathy ist deine Braut und du willst nicht sie, sondern ausgerechnet mich bei der Reise dabeihaben.

Da stimmt doch was nicht. Sollten wir nicht besser zu dritt fahren?" Natürlich durchschaute der gewiefte Dealmaker den mit Unschuldsmiene unterbreiteten Vorschlag sofort als billiges Manöver. Auf genau diese Steilvorlage hatte er nur gewartet.

Grinsend ließ er sich Zeit, seinem jungen Freund den Wind aus den Segeln zu nehmen und genoss seine Überlegenheit angesichts dieses taktischen Fehlers. Als er jedoch spürte, dass Juris am Abend zuvor gegebene Zusage, in seine Dienste zu treten, auf der Kippe stand, ließ er die Luft raus.

Die Sache sei leicht erklärbar, Kathy könne so kurzfristig nicht weg aus der Bar und er wisse nicht, ob er die Zeit noch habe, darauf zu warten, bis sie Urlaub bekomme. Außerdem würde sie seekrank werden und hätte schon deshalb keine Lust, ihn zu begleiten.

„Dann bin ich also nur der Notnagel!"

„Ach Unsinn, das bist du keineswegs. Sei doch nicht so empfindlich. Wenn du als Begleiter nicht meine erste Wahl wärst, hätte ich dich gar nicht erst gefragt. Jetzt wird endlich die Reise gebucht, sonst ist sie am Ende noch ausverkauft.

Als nächstes kümmern wir uns dann um unsere Garderobe. Aber zuallererst eröffnen wir das Konto für dich. Hab ich dir überhaupt schon gesagt, wie ich dich entlohnen werde?"

Juri schwankte der Boden unter den Füßen, als Jeff den Betrag nannte, den er bei der Bank auf das für ihn eröffnete Konto überweisen wollte.

„Das sollte fürs nächste halbe Jahr reichen!" Denk dran, du musst ab jetzt alle deine Kosten selbst begleichen, auch deinen Anteil an der Reise.

Getrennte Kasse, verstehst du, so war's ausgemacht."

Das Techtelmechtel zwischen Kathy und Juri wie auch die Vorfreude auf die Seereise ließen Jeff nicht los, verdrängten Gedanken an seine Krankheit und alles, was damit zusammenhing. Er fühlte sich körperlich gut und seiner alten Form nahe. Nur noch wenige Tage lagen vor ihnen, bis die Reise in San Francisco losgehen sollte. Gerade ausreichend Zeit, alle Vorkehrungen zu treffen.

Seit dem Wiedersehen sprachen Kathy und Jeff immer wieder über die Zukunft trotz aller Schwierigkeiten, die damit verbunden waren. Zumal, wenn zwei Menschen darüber sprechen, von denen der eine damit rechnen muss, dass seine Zeit bald abgelaufen sein wird, der andere aber noch eine unbestimmte Lebensspanne vor sich hat.

Jeff fühlte sich wohler, wenn sie über die Vergangenheit sprachen. Manchmal machten die Erinnerungen sie traurig, dann wieder erlebten sie Stunden voller Heiterkeit. Verzweifelt waren sie nie.

Erst jetzt fiel ihm auf, wie wenig sie wirklich voneinander wussten und wie viele Fragen er noch nie gestellt hatte.

„Weshalb bist du eigentlich damals so überstürzt aus deiner Heimat weggegangen", versuchte er eines Nachts Versäumtes nachzuholen. Gleichzeitig schämte er sich, selbst so Naheliegendes all die Jahre nie gefragt zu haben. „Eltern, Mann und erst recht das eigene Kind lässt man doch nicht ohne Not zurück?"

„Ach, quäl mich doch nicht", seufzte sie und kämpfte mit den Tränen. Darüber zu sprechen fiel ihr sichtlich schwer, doch als sie sich endlich durchgerungen hatte, tat es ihr gut, das Geheimnis lüften zu können. „Ich war doch noch blutjung und ziemlich naiv. Da hab ich mich Hals über Kopf in so einen Draufgänger verliebt.

Er brachte mich in Kontakt mit seiner studentischen Flugsportgruppe. Lauter sympathische, mutige Jungs.

Wie oft lag ich im Gras, schaute in den Himmel, bewunderte sie grenzenlos und konnte mich nicht satt sehen an ihren tollkühnen Flugmanövern. Was sie miteinander sprachen, verstand ich höchstens zur Hälfte. Anfangs hielt ich das für Fliegerjargon, aber es war mehr. Allmählich begriff ich, dass der Sport nur Tarnung und die Jungs in Wirklichkeit Mitglieder einer Untergrundorganisation waren.

Nicht lange und ich war schwanger von meinem Helden.

Nach und nach kam ich dahinter, dass er einer der führenden Köpfe der Gruppe war.

Meine Eltern waren genauso ahnungslos wie ich. Sie mochten ihn sehr, obwohl er mir ein uneheliches Kind angedreht hatte, wie sie sich ausdrückten.

Eines Tages war er verschwunden.

Einer aus der Gruppe beschwor mich unterzutauchen, besser noch, für längere Zeit abzuhauen.

„Wenn die rauskriegen, dass du sein Mädchen und auch noch Mutter seines Sohnes bist, verschwindest du genauso spurlos im Gefängnis oder in einem Straflager wie wahrscheinlich auch er. Was soll dann aus eurem Kleinen und aus deinen Eltern werden?"

Keine andere Wahl sei ihr geblieben als die Flucht.

Natürlich immer in der Hoffnung, Sohn und Eltern eines Tages wiederzusehen.

„Als ich sie zurücklassen musste, ohne Abschied und ohne Erklärung, das war einer der schrecklichsten Momente in meinem Leben."

Unsicher wanderte ihr Blick durch das *Il Leopardo,* wohin Jeff eingeladen hatte, um die bevorstehende Abreise gebührend zu feiern. Als sie ihn in seinem neuen Outfit endlich entdeckte, staunte sie nicht schlecht.

„Du siehst ja aus wie ein Admiral", platze sie heraus. „Da wird man dich auf dem Schiff ständig für den Kapitän halten!"

Am Vormittag hatten Juri und er sich bei einem exquisiten Herrenausstatter im Garment District für ihr Kreuzfahrtabenteuer neu eingekleidet. Den schneeweißen Anzug hatte er zur Feier des Tages gleich anbehalten, was sich als ziemlich leichtsinnig herausstellte. Das gute Stück zog nicht nur alle Blicke des Personals und der Restaurantgäste auf sich, er musste auch höllisch aufpassen, den edlen Zwirn nicht mit dem herrlichen, rubinroten Cannonau di Sardegna zu beflecken, mit dem er sich die Wartezeit bis zu Kathys Eintreffen verkürzte.

Sie muss den halben Tag damit verbracht haben, sich zurecht zu machen, dachte er, als sie wie ein Dreimaster über die Toppen geflaggt, auf ihn zu segelte. Die Knöpfe des wenig vorteilhaften Kleides waren bis zur Belastungsgrenze damit beschäftigt, Kathys stattliche Formen zu bändigen.

Der Anblick ließ ihn schmunzeln.

Noch nie zuvor hatte er das Fähnchen an ihr gesehen.

Nun ja, erinnerte er sich, wir hatten eben all die Jahre meistens auch nur wenig oder gar nichts an, wenn wir zusammen waren.

„Kauf dir bloß schleunigst ein vernünftiges Kleid, meine Liebe",
raunte er ihr bei der Begrüßungsumarmung ins Ohr und steckte ihr
einen Fünfhundertdollar-Schein zu.

„Du bist verrückt, Jeff", stammelte sie ungläubig, unternahm aber
keinen Versuch, sich dagegen zu wehren. „Kommt noch jemand?",
fragte sie, als sie die drei Gedecke auf dem Tisch bemerkte.

„Schon möglich, lass dich überraschen. Setz dich, lassen wir die
Gläser klingen und uns des Lebens freuen".
Plötzlich errötete sie wie ein Teenager.

„Der falsche Igor!", rief sie und presste, erschrocken über ihre
Unbedachtheit, die Hand vor den Mund, sprang auf und deutete auf
den eintretenden Gast, der daherkam, als sei er geradewegs einem
Modemagazin entsprungen.

„Darf ich vorstellen, Igor, mein Reisebegleiter, Privatsekretär und
Freund, ich habe dir von ihm erzählt und du hast ihn ja bereits neulich in der Bar kennengelernt. Igor ist Musiker, musst du wissen,
überdies gelernter Schauspieler und, wie schon der Name nahelegt,
ein Landsmann von dir."

„Wie der Name schon nahelegt", lächelte Kathy zuckersüß und
machte Anstalten sich zu setzen. Juri ergriff formvollendet Kathys
Hand, führte sie mit einer angedeuteten Verbeugung bis knapp vor
seine Lippen und hauchte ihr einen Kuss auf den Handrücken.
Eingerahmt von den zwei Dressmen fühlte sie sich in ihrem
Woolworthfummel wie Aschenputtel. Sie hätte sich jetzt nicht im

Spiegel sehen mögen und war, ganz gegen ihre Gewohnheit, nur sprachlos. Sprachlos über die Aufmachung der beiden, sprachlos, dass sie sich gut und offenbar schon länger kannten und darüber, wie sie absolut schimmerlos zwischen ihnen hockte.

Ach, wäre ich nur ein paar Jährchen jünger, Igor, dieser kleine Lügner, könnte mir schon gefallen! Sie war außerstande, den Blick von ihm zu wenden. Bisher hatte sie ihn ja nur im Schummerlicht der Bar gesehen, jetzt saß er ihr bei hellem Tageslicht direkt gegenüber. Ihr Gesicht glühte in schönstem Cannonau di Sardegna-Rot.

Mit unverfrorener Direktheit scannten ihre Augen weiterhin das Gesicht ihres Gegenübers, während ihr Gehirn sich abmühte, die empfangenen Informationen einigermaßen sinnvoll zu sortieren.

„Hey Kathy, was ist los mit dir?", versuchte Jeff sie aus der Erstarrung zu lösen. Sie ließ die Frage unbeantwortet, stand auf und bat die Männer, sie für einen Moment zu entschuldigten.

Im Ladies Room hielt sie die Handgelenke unter kaltes Wasser und betrachtete spöttisch ihr Spiegelbild.

Blöde, alte Kuh. Was starrst du diesen Igor ständig an, kriegst einen roten Kopf und bildest dir am Ende sonst noch was ein!

Warum kannst du dich nicht zusammenreißen?

Sie drückte ein nasses Papierhandtuch auf die Stirn, zog die Lippen nach und ging lächelnd ins Restaurant zurück, als wäre nichts gewesen. Die beiden Geheimniskrämer sprachen angeregt miteinander, brachen ihre Unterhaltung aber auf der Stelle ab, als Kathy zurück an den Tisch kam. Entschlossen nutzte sie die Gelegenheit, das Gespräch an sich zu ziehen.

„Hast mir gegenüber diesen Igor ja noch nie erwähnt. Willst du mir nicht sagen, woher ihr beiden euch kennt", fragte sie spitz und schenkte Jeff ein falsches Lächeln. „Sag jetzt nicht, es sei reiner Zufall gewesen, dass er neulich in der Bar aufgetaucht ist und du hättest davon nichts gewusst! Solche Zufälle gibt es nicht und andere wahrscheinlich auch nicht! Also raus mit der Sprache, ihr Gangster! Kumpels seid ihr und Komplizen, habt ein gemeinsames, wohl gehütetes Geheimnis, das nicht allein darin besteht, dass Igor überhaupt nicht Igor heißt", trumpfte sie auf, hob die Brauen und schaute prüfend vom einen zum anderen. „Wollt mich wohl verschaukeln, ihr Spitzbuben!"
Diese beherzte Attacke verunsicherte die beiden nur für den Bruchteil eines Augenblicks.

„Weißt du, so lange kennen wir uns noch gar nicht. Genau genommen erst seit meiner Ankunft am Flughafen", beteuerte Jeff mit lammfrommer Miene und einer Treuherzigkeit, die Kathy ihm nicht abnehmen konnte. „Glaub mir, es war wirklich eine Zufallsbekanntschaft. Igor war so freundlich, mir mit dem Rollstuhl behilflich zu sein. Wir unterhielten uns eine Weile, gingen zusammen was essen und waren uns gleich sympathisch. Da habe ich ihn, aus Gründen, die du kennst, geradeheraus gefragt, ob er sich vorstellen könne, mich für eine gewisse Zeit unterstützend zu begleiten. Weil er zurzeit ohne festes Engagement ist und ich seine Hilfe wohl nur für absehbare Zeit benötige, war er einverstanden. Widersprich mir, Igor, wenn ich etwas Falsches sage."

So unschuldig, wie die beiden dreinschauten, traute sie der Sache immer weniger. Für Jeffs fadenscheinigen Versuch, sie zu verladen, hätte sie ihm böse sein können. Dass er ihr eben noch einen großen Geldschein in die Hand gedrückt hatte, war jedoch nicht der wahre Grund, weshalb sie keinen Streit anzetteln wollte. Angesichts seines Gesundheitszustandes erschien ihr Zanken unangemessen.

Sich diesen falschen Igor vorzuknöpfen, das reizte sie dagegen kolossal. So distanzlos, wie sie ihn gemustert hatte, nahm sie ihn nun ins Gebet. Sie war gespannt, was er ihr sonst noch an Lügen auftischen würde.

Jeff verspürte wenig Lust, sich an Juris und Kathys Plänkeleien zu beteiligen, rückte seinen Sessel ein Stück zurück und betrachtete belustigt ihr Frage- und Antwortspiel.

„Mit dir stimmt Einiges nicht, mein Lieber", versuchte sie ihren angeblichen Landsmann aus der Reserve zu locken. „Das fängt schon mit deinem Namen an. Aber das ist es nicht allein. Ich heiße ja auch nicht Kathy, sondern Katharina", ging sie freimütig in Vorlage.

Doch er zuckte mit keiner Wimper.

Erst allmählich entlockten ihre gezielten Fragen ihm zweifelhafte Antworten. Am glaubhaftesten erschien ihr noch seine Altersangabe. Ob der Rest der Wahrheit entsprach, daran hatte sie ihre Zweifel.

Mehr, als dass er bei seinen Großeltern aufgewachsen sei, offenbarte er nicht. Nun ja, da werde er der einzige nicht sein, grinste sie ihm frech ins Gesicht. „Aber geschlagen haben werden sie den kleinen Igor doch hoffentlich nicht", entrüstete sie sich künstlich.

Kathys Phantasie fing an wildeste Blüten zu treiben und sie setzte alles daran, herauszufinden, woher die kleine Narbe über seiner Augenbraue stammte. „Oder hast du bei deinen Spielkameraden gern mal ordentlich hingelangt und dann eben auch mal eine gefangen?", ließ sie nicht locker.

„Ach, was weiß denn ich", wich er weiteren Fragen zu seiner Familie und Kindheit genervt aus. Dann drehte er den Spieß um.

„Statt mich hier auszufragen erzähl doch mal von dir, Ka-tha-ri-na". Wie der Lümmel jede Silbe einzeln betonte! Auch dass er nicht Kathy zu ihr sagte, sondern sie stur mit Katharina ansprach, empfand sie als gezielte Provokation. Immerhin wagte er nicht, sie auch noch Kathinka zu nennen. Sie hätte ihn geohrfeigt! Mitten im Lokal und vor allen Leuten!

Dann startete er sein Kreuzverhör mit einem Trommelfeuer.

„Wo genau hast du denn gelebt, bevor du Russland den Rücken gekehrt hast, und warum bist du überhaupt weggegangen? War das freiwillig, oder hat man dich rausgeschmissen, bist du geflohen, bist du eine Politische? Grundlos verlässt eine Frau doch nicht Mann, Eltern und womöglich sogar Kinder! An deiner Stelle wäre ich vorsichtiger mit dem Vorwurf, mit mir stimme etwas nicht. Du willst doch

144

nur ablenken, weil du es bist, bei der so Einiges nicht stimmt." Seine Fragen wurden immer persönlicher, immer bohrender und verletzender. An Antworten schien er weniger interessiert zu sein, als daran, seine Fragen wie Pfeile lustvoll auf Kathy abzuschießen.

„Schluss jetzt, ihr beiden", klinkte sich Jeff energisch ein, als er sah, wie Igors Fragen drohten, Kathy mit dem Rücken an die Wand zu nageln. „Kathy hat sicher nichts dagegen, dass ich dir auf unserer Reise alles beantworte, was du wissen willst. Da haben wir genügend Zeit für so was. Jetzt will ich den Abend und unser Abschiedsessen genießen und über andere Dinge reden. Basta!"

Wie dankbar war sie für Jeffs Schlichtung!

Nicht auszudenken, wohin die gegenseitige Fragerei noch geführt hätte. Ihre eigene Distanzlosigkeit diesem Igor gegenüber war ihr unerklärlich. Sie kannte ihn doch kaum. Schon ein flüchtiger Blickkontakt genügte, um zu wissen, dass auch er den Eindruck hatte, mit seinen Fragen deutlich zu weit gegangen zu sein.

Heilfroh war auch Juri, über das Machtwort, sonst hätten Kathy und er sich weiter mit Fragen beharkt, die ihnen gleichermaßen unangenehm waren.

Dabei hatte er es wirklich nicht darauf angelegt, ihr etwas zu verheimlichen oder Geschichten zu erfinden. Aber ausgerechnet von dieser Frau mit derart persönlichen Fragen bedrängt zu werden, machte ihn aggressiv. Er schämte sich, die Frau so grundlos in die Enge getrieben zu haben.

Herrgott noch mal, begreife doch, es gibt keinen Grund mehr, Theater zu spielen! Der Bettler Igor ist passé, ein für alle Mal, ermahnte ihn eine innere Stimme. Entschuldige dich wenigstens, wenn du es schon nicht schaffst, bei der Wahrheit zu bleiben. Kein Wunder, dass Kathy den Eindruck haben muss, du lügst sie an.

„Ich chabe cHunger", stöhnte Jeff gespielt, fasste sich an den Bauch und lachte. „Das war der erste Satz, den ich von diesem Burschen zu hören bekam", erklärte er und deutete auf seinen Begleiter. Es war dermaßen komisch, wie er ihn mit seinem russisch-englischen Bettlerslang imitierte, dass Kathy und Juri unwillkürlich lachen mussten. Jeff hatte es geschafft, durch seine direkte Art eine knifflige Situation aufzulösen und ihr Abschiedsdinner zu einem vergnüglichen Ereignis zu machen.

Zwischen Cocktail und Vorspeise schilderte er seine Begegnung mit Juri am Flughafen, ließ weder ihr gemeinsames Mittagessen, noch ihre Abenteuer mit dem Rollstuhl aus. Mit der Geschichte vom Banküberfall und wie sie aus dieser knifflichen Situation wieder herausgekommen waren, wartete er, bis der Hauptgang verspeist war. In allerbester Laune bestellte er eine weitere Flasche vom sardischen Roten. Dann erhob er sein Glas, Kathy küsste ihn auf die Wange und bedrängte ihn, weiter zu erzählen.

„Du hättest ihn sehen sollen", wieherte er, „wie er im Rollstuhl saß, sabberte und zappelte."

Unterbrochen von Lachsalven beschrieb er dann in allen Einzelheiten, weshalb die Cops gehörigen Respekt vor dem zappelnden Kerl im Rollstuhl bekamen und tunlichst vermieden, ihm näher zu kommen als unbedingt nötig. „Igor ist ein hervorragender Schauspieler, musst du wissen, das hat er schon mehrfach eindrucksvoll bewiesen. Begabt, wandlungsfähig und intelligent. Seit ich ihm begegnet bin, ist mir klar geworden, dass ich in meiner Situation einen wie ihn für den Rest meiner Tage brauche."

Über vieles ließ Kathy mit sich reden, aber ein Schiff zu besteigen, kam unter gar keinen Umständen für sie in Frage. Schon auf der Überfahrt in die Staaten war sie fast gestorben vor Angst und Seekrankheit. Sie war ein Landmensch, brauchte festen Boden unter den Füßen und würde auch niemals in ein Flugzeug steigen.
Jeff, der Vielflieger, machte sich immer lustig darüber. Sie mochte es gar nicht, wenn er ihr erzählte, wohin er wieder als nächstes fliegen werde. Hoch und heilig musste er versprechen, sich bei ihr zu melden, wenn er heil gelandet war.
Natürlich plagte sie das Gewissen, in der nächsten Zeit nicht bei Jeff zu sein. Dass ihm stattdessen der falsche Igor bei der Erfüllung seines Wunsches half, hielt sie immerhin für die zweitbeste Lösung. Zumal sich da offenbar zwei gefunden hatten, die zusammengehörten.
Die Nickeligkeiten vom Beginn ihres Zusammentreffens traten nach Jeffs Vermittlung zusehends in den Hintergrund, sodass Kathy schon

beim Dessert nicht mehr genau hätte sagen können, weshalb sie sich fast in die Haare geraten waren. Mit jeder Minute, die sie einander besser kennenlernten, löste sich die Verbissenheit, die sie voreingenommen und angriffslustig gemacht hatte.

Jeff heizte mit ulkigen Geschichten und Witzen über Russland und die Russen, wie er sie während seiner zahlreichen Geschäftsreisen erlebt hatte, die ausgelassene Stimmung weiter an. Bei brisanten oder heiklen Geschichten steckten die drei auf seinen Fingerzeig wie Verschwörer die Köpfe eng zusammen und stoben mit der Pointe lachend auseinander, wobei nicht immer jeder auf die eigenen Schenkel klopfte.

Besonders Kathy war der süffige Wein mächtig zu Kopf gestiegen In ihrer Erinnerung glaubte sie, nicht nur Jeff, sondern auch den falschen Igor mehrfach umarmt zu haben. Beide ließen sie nicht kalt. Wie unterschiedlich die zwei sich anfühlten!

In der Bar hat sie es Nacht für Nacht mit allerhand schrägen Vögeln zu tun. Kaum einer, der nicht unter der harten Arbeit in den Docks ächzt, keiner, der nicht unter seinem Emigrantendasein leidet und den meisten von ihnen fehlt einfach eine Frau.

Schnell hatte sie gelernt, dass Getränke ausschenken und Gäste bedienen in diesem Job nicht alles sein kann. Männliche Gäste wollen von einer guten Bardame dezent bemuttert werden, sie muss geduldig zuhören können, Seelentrösterin, Beraterin und in erster Linie

Abladeplatz für Kümmernisse aller Art sein.

In jungen Jahren fiel ihr diese Rolle nicht leicht. Inzwischen kennt sie manche der Männer schon seit ewigen Zeiten und hat ihre Lebensgeschichte mehr als einmal gehört. Wenn diese armen Teufel nach Schichtende in der Bar einfallen, genügt ihr ein kurzer Blick in die Gesichter um zu wissen, wie sie drauf sind. Da kam im Lauf der Jahre schon einiges zusammen in punkto Menschenkenntnis und darauf war sie ganz schön stolz.

Sie brachten Kathy am Abend mit dem Taxi zur Bar.

In die Hand mussten sie ihr versprechen, sich von unterwegs immer wieder zu melden. Erschütternd der Anblick, wie Kathy und Jeff kaum voneinander lassen konnten.

Juri konnte das nicht länger mit ansehen und stieg wieder ins Taxi. Vom Rücksitz des Wagens winkte er Kathy zum Abschied zu und ließ den Cabby einmal langsam um den Block kurven. Als der Wagen wieder an der Bar vorfuhr, stand Jeff dort ganz allein. Mit Pudding in den Knien und feuchten Augen lehnte er an einem Hydranten und benötigte zum Einstiegen Juris Hilfe. Noch auf der Fahrt ins Hotel überfiel ihn wieder eine dieser schweren Schmerzattacken. Hektisch hämmerte Juri an die Trennscheibe des Taxis und rief dem Fahrer aufgeregt die Adresse des chinesischen Arztes zu, der Jeff erst vor wenigen Tagen begutachtet und ihm Medikamente verschrieben hatte.

Ok, das wars dann wohl mit der Reise, war sich Juri fast sicher, zwängte sich vor dem Behandlungszimmer in Jeffs Rollstuhl und wartete, benebelt von den Ausdünstungen asiatischer Spezereien, die Polstern, Teppichen und Tapeten entströmten.

Nach einer halben Ewigkeit wurde die Tür geöffnet.

Was in der Zwischenzeit drinnen vor sich gegangen war, konnte er weder dem Doktor noch Jeff ansehen. Der Patient lag völlig entspannt und augenscheinlich schmerzfrei auf der Behandlungsliege.

„Wir können gehen", schallte es Juri entgegen, „alles in Ordnung. Der Doc meint, unserer Reise steht nichts, aber auch gar nichts im Weg."

Dann kicherte er ein wenig blöde vor sich hin. Der Doktor ließ den Kopf in Endlosschleife zwischen den Schultern hin und her pendeln, als beschreibe er eine liegende Acht und wünschte den beiden eine „gute Leise". Schon als ihnen bei der Ankunft die Tür zum Behandlungszimmer geöffnet hatte, war Juri dieser süßliche, ihm aus Pennerzeiten wohl vertraute, Geruch entgegengekommen und er wusste sofort Bescheid. Jeff erhob sich auf Juri gestützt und zusammen eierten sie hinaus ins Wartezimmer, wo er sich erlöst in den Rollstuhl plumpsen ließ.

Er bekam nicht mit, wie der Chinese seinen Begleiter noch einmal zu sich winkte und ihm ein kleines braunes Glasfläschchen aushändigte.

„Nul fünf Tlopfen mit Wassel. Und nul im Notfall", nuschelte er ihm ins Ohr.

Der Flug nach San Francisco verlief unerwartet problemlos und für Jeff ohne neuerliche körperliche Krise. Von dem Fläschchen mit den Notfalltropfen erzählte Juri ihm nichts, trug es aber stets bei sich. Auf der Shuttlefahrt zum Embarcadero war das riesige Schiff schon von Weitem auszumachen. Wie Gulliver lag es in der Nachmittagssonne, von armdicken Tauen an die Kaimauer gefesselt, ein unbewegliches Stahlgebirge. Dicker Dampf knödelte aus dem mächtigen Schornstein und signalisierte Abfahrtsbereitschaft. Kräne und Gabelstapler tanzten beim Entladen der unablässig heranfahrenden Lastwagen-Armada um die Wette. Unglaublich, wie der gefräßige Moloch Palette um Palette verschluckte.

Niemals zuvor war Juri einem Ozeanriesen so nahegekommen. Auf der Gangway kam er sich vor wie eine winzige Ameise, die in den Bauch des Kolosses krabbelt.

Drinnen wurden sie von einem katzbuckelnden philippinischen Steward empfangen, der sie zu ihren Kabinen geleitete. Wollte er als Erster Klasse Gast beim Personal nicht schon in den ersten Minuten unwiederbringlich sein Gesicht verlieren, durfte er sich seine Fassungslosigkeit jetzt nicht anmerken lassen. In Erinnerung an seine Theaterausbildung, mimte er kurz entschlossen den blasierten Lord, inspizierte mit spitzem Finger, Staub suchend, die Oberfläche des stylischen Flachbildschirms, kontrollierte den Füllstand der Minibar und nickte dem angespannten Steward nach erfolgter Begutachtung leutselig zu.

Jeff residierte in der Nachbarkabine. Beide Räumlichkeiten waren über eine Zwischentür verbunden, durch die ihm Juris spontaner Theaterauftritt nicht entgangen war. Das Gepäck wurde gebracht, Jeff bedachte Kofferboy und Kabinensteward mit ein paar Dollars, woraufhin sie sich respektvoll zurückzogen.

Jetzt war Jeff doch deutlich anzumerken, dass die Anreise ihn stark ermüdet hatte. Juris Rat folgend legte er sich aufs Bett und war im Nu eingeschlafen.

Die Zarenyacht Liwadija konnte dieses Schiff an luxuriöser Pracht schwerlich übertroffen haben, dachte Juri bei näherer Musterung seiner Kabine. Kaum vernehmliches, diskretes Klopfen an der Kabinentür. Der Steward von eben balancierte ein silbernes Tablett, darauf eine Flasche Champagner, Beluga-Kaviar sowie allerlei Fingerfood und wünschte eine gute Reise.

Ob die Herren wünschten, dass er ihre Koffer auspacke, bot er an. Das Angebot abzulehnen, war gewiss nicht besonders professionell, aber Juri wollte keinesfalls, dass ein Fremder in ihren Sachen herumfingerte.

„Sie mich rufen, Sir, wenn Wunsch haben", radebrechte der kleine Filipino und schien froh, dass er wenigstens die Champagnerflasche öffnen durfte. Jeff erwachte vom Knall des Korkens, sein Kabinennachbar schlenderte zu ihm hinüber und sie stießen an auf eine wunderbare Reise.

Höchstens eine halbe Stunde hatte Jeff geschlafen, sich in dieser kurzen Zeit aber sichtlich wieder erholt.

„Das habe ich bei meinen geschäftlichen Verhandlungen gelernt", erklärte er. „Während meine Gesprächspartner in den Pausen gegessen, getrunken, meistens aber vor allem geraucht haben, gönnte ich mir oft ein kurzes Nickerchen. Das kann ich inzwischen auch im Sitzen. Danach war ich stets fitter als die Gegenseite", kokettierte er und goss noch einmal Champagner nach.

„Geradeso wie jetzt", lachte Juri und war wirklich überrascht von seiner Präsenz. „Hat dich der Doc gedopt, oder was?"

„Na ja, so ähnlich", lachte er vergnügt. „Der Bursche hatte so ein Wahnsinnskraut, da haben wir eben ein bisschen was geraucht. Was dagegen?"

„Du bist so gut drauf, ich glaube beinah, wir könnten den Rollstuhl auf der Kabine lassen und zu Fuß zum Dinner gehen, was meinst du?" Sie machten sich auf den Weg zu einem der Restaurants. Jeff in seiner weißen Admiralskluft und sein jugendlicher Begleiter in Jeans und Designerjackett.

Auf halbem Weg passierten sie die 24-Stunden-Bar. Jeff wollte unbedingt noch schnell einen Aperitif nehmen. „Na komm schon", überging er grummelnd Juris Zögern, quälte sich auf einen Barhocker und bestellte zwei doppelte Bourbon ohne Eis.

„Kiffen, Saufen und Medikamente. Geile Kombi, muss ich schon sagen."

Als habe er es nicht gehört, überging Jeff den frechen Einwand seines Begleiters und verwickelte den Barmann in ein angeregtes Gespräch.

„Feiner Kerl. Diese Bar könnte glatt mein Lieblingsplatz auf dieser Reise werden!" Vorsichtshalber hakte er sich auf dem Weg von der Bar bis zum Restaurant bei Juri unter.

Ein schnöseliger Oberkellner tänzelte ihnen voraus zu einem edel gedeckten Tisch. Am Nebentisch saß bereits eine Dame mittleren Alters in Begleitung einer jüngeren Frau. Beider Blicke verrieten, dass ihnen die Tischnachbarschaft der Herren durchaus gelegen kam.

„Wie fürsorglich Sie sich um Ihren Herrn Vater bemühen", flötete die Jüngere. „Oder sind Sie vielleicht der Onkel?", wandte sie sich naseweis direkt an Jeff.

„Bitte verzeihen Sie, mein Herr, meine Kleine ist manchmal schrecklich vorlaut", ahndete die Mutter das Ungestüm ihrer Tochter.

Aufgekratzt wie er war, bemühte sich Jeff, ganz weltgewandter Gentleman, um sofortige Aufklärung.

„Weder noch, meine Damen, Juri ist mein Privatsekretär und Reisebegleiter."

Dann stellte auch er sich namentlich vor und betonte, wie angenehm ihm die Gesellschaft der Damen sei. Das war ihm fürs erste Bekenntnis genug, zeigte aber auch, dass er einer Unterhaltung mit den beiden durchaus nicht abgeneigt war.

„Die Damen reisen allein", übernahm er die Initiative mit einer Mischung aus Frage und Feststellung, „haben Sie ihre Männer etwa zuhause gelassen?".

Jeffs rotzfreche Direktheit war beeindruckend.

„Sie hat noch keinen und ich habe keinen mehr."

„Mum!", zischte die Tochter und lief knallrot an.

„Nun, meine Damen, gerne bieten wir Ihnen heute Abend unsere Gesellschaft an, und wenn Sie es wünschen, reserviere ich die beiden Tische für die Dauer der Reise", machte Jeff Nägel mit Köpfen. Die resolute Frau Mama hielt das für eine ausgezeichnete Idee und stellte sich ihrerseits als Ms. Undine Shoemaker vor. Sodann, als ginge es nur Juri etwas an, ergänzte sie, ihre Tochter heiße Ashley. Undine Matchmaker würde besser zu ihr passen, dachte Juri und lächelte charmant zurück.

Ashley starrte mit noch immer glühenden Wangen auf den leeren Teller vor sich, während ihre Hände unter dem herabhängenden Tischtuch Zuflucht suchten. Sie hatte so gar nichts gemein mit ihrer handfesten Mutter, von der sie gnadenlos zurechtgewiesen wurde, auch wenn es nur durch Blicke geschah. Auf etwa achtzehn, höchstens zwanzig schätzte Juri die schulmädchenhafte Lady mit den blonden Haaren, die zu einem dicken, einseitigen Zopf geflochten waren. Bemerkenswert, wie sie trotz ihrer Jugend couragiert und unbefangen die Unterhaltung begonnen und sicher auch gerne fortgesetzt hätte, wäre nicht Mum Shoemaker dazwischen gegrätscht.

Die Sache lässt sich gut an, dachte Jeff, als er sich euphorisch gestimmt zur Nacht auf seine Kabine zurückgezogen hatte, vor sich hindöste und die letzten Stunden und Tage in Portland Revue passieren ließ. Allmählich bereute er, diesen Chinesendoktor nicht gezwungen zu haben, ihm ein Tütchen von diesem Shit mitzugeben. Obwohl, hier auf dem Schiff wäre es wahrscheinlich zu kompliziert, das Zeug unbehelligt zu qualmen. God damn it, I feel so fucking good! Das Kraut, war wirklich einsame Klasse, schwelgte er in wohliger Erinnerung. Schon nach den ersten Zügen war die Post dermaßen abgegangen, dass er sich kaum noch erinnern konnte, was der Medikus sonst noch mit ihm angestellt hatte.

Könnte mich auf meine alten Tage echt dran gewöhnen.

OK, den Rollstuhl brauch ich vielleicht noch ab und zu, aber immer seltener. Scheiß drauf, für die nächsten Tage bin ich in netter Gesellschaft, egal, was kommt. Und meine Bar hat 24/7 geöffnet.

Beschwingt blickte er auf die vergangenen Tage und Stunden zurück. Unser Farewell Dinner zu dritt im *Leopardo* war doch klasse, lobte er sich. Bis auf den Abschied. So was hatten wir noch nie. Dieser Wunsch, es solle ganz schnell vorüber sein und gleichzeitig nie enden. Kathy ist wirklich der einzige Mensch in meinem Leben, bei dem ich so sein kann, wie ich bin. Schon an unserem ersten Abend hat sie mich durchschaut. Sie besitzt ein besonderes Talent, Menschen hinter die Stirn zu schauen. Und eine ehrliche Haut ist sie auch, nicht gerade eine Schönheit und auch nicht sonderlich gebildet. Aber unkompliziert ist sie, sagt geradeheraus, was sie denkt und tut, was sie sagt.

Das ist es, was ich ganz besonders an ihr mag.

„Aber Abschiede sind einfach immer Scheiße", flüsterte er vor sich hin, als er an Kathys Umarmung vor der Bar dachte.

Bis zu diesem Moment war ihm nicht im Traum in den Sinn gekommen, dass sie einmal nicht wieder so zusammenkommen würden, wie sie auseinander gegangen waren.

Wie naiv kann man denn sein? Schon als Caroline bei diesem Verkehrsunfall ums Leben gekommen war, hätte ich vielleicht mal was begreifen müssen. Sie war immerhin die Frau meines besten Freundes. Schäbig und egoistisch war das von mir, nicht einmal zu ihrer Beerdigung nachhause zu fliegen, wo ich doch in ein paar Stunden an der Westküste hätte sein können. Und ich war damals lediglich bei Kathy in New York gewesen und nicht im hintersten Sibirien. Nicht mal einen Kondolenzbrief an Blake habe ich Schwächling fertiggebracht, klagte er sich an.

Eve hatte niemals auch nur ein Wort darüber verloren, aber nicht zum ersten Mal hatte sie ihn spüren lassen, wie sehr sie ihn und sein Verhalten verachtete.

Ihre Ehe, deren Probleme überwiegend von ihm ausgegangen waren, war damals schon keine mehr. Lange Zeit hatte er das nicht erkannt, wollte es sich nicht eingestehen und als er schließlich kapierte, was los war, ging er jeder Konfrontation aus dem Weg, duckte sich weg und flüchtete sich in die Arbeit. In der irrigen Annahme, er könne seine privaten Probleme in ähnlicher Weise und genauso erfolgreich lösen wie die in seinem Job. Aber Eve ist schlau und zog eines Tages die Reißleine.

Sein Verhalten Blake gegenüber war genauso bescheuert, das war ihm klar. In Wirklichkeit ist der tausendmal klüger als ich. Der Dumme und Schwache bin schon immer ich gewesen.

Alle müssen es gespürt haben, nur ich nicht!

Im Verlauf des Abendessens äußerte Ms. Shoemaker handstreichartig den dringenden Wunsch, man möge sich doch beim Vornamen nennen, jetzt, wo man einander nähergekommen sei und sie die Reise großenteils zusammen erleben würden.

Niemand in der Runde wagte ihr zu widersprechen.

Sie bestand allerdings darauf, nicht Undine sondern Di genannt zu werden.

Juri hätte wetten können, dass auch Jeff das umwerfend komisch fand.

Ashley schämte sich fremd. Sie biss sich lieber auf die Zunge, als Jeff oder Juri mit Vornamen anzusprechen. Vermutlich schon deshalb, weil der Vorschlag von ihrer Mutter kam.

Juri ging es nicht anders.

Die beiden Buchstaben erzeugten in seinem Kopf ein völlig anderes Bild, als seine Augen es wahrnahmen. Zudem fand er es affig, sich so zu nennen.

Undine, der Wassergeist, passte eindeutig besser zu ihr.

Nur Jeff saß da, versteckte sich hinter seinem Pokerface und ließ sich nichts anmerken. Die Situation erinnerte ihn an den Abend im *Leopardo*, als Kathy und Juri fast aufeinander losgegangen wären, wenn er nicht eingegriffen hätte, um die Situation zu entschärfen.

„Sie werden sich gewundert haben, gnädige Frau, dass ich Juri als meinen Privatsekretär und Begleiter vorgestellt habe, und könnten nun glauben, in mir einen Hochstapler oder zumindest einen Angeber vor sich zu haben", wandte er sich in entwaffnender Offenheit seiner Tischnachbarin zu.

Wie verdammt geschickt er das macht, registrierte Juri voller Bewunderung. Natürlich hat sie genau das gedacht, würde aber niemals wagen, es offen auszusprechen.

„Oh my God, for heavens sake!" protestierte Ms. Shoemaker in erwartetem Reflex und fühlte sich ertappt.

„Wissen Sie, Di, Sie haben ja recht, das hört sich in der Tat ziemlich großspurig an.

Ich will es Ihnen erklären".

Mit einem Zipfel der Serviette betupfte Jeff seelenruhig seine Mundwinkel, nachdem er an seinem Weinglas genippt hatte, blickte in die Runde und genoss die gespannte Aufmerksamkeit der Damen.

Auch sein Begleiter war neugierig, was dieser Einleitung nun folgen würde.

„Erwähnten Sie nicht vorhin, sie seien Witwe", interpretierte er ins Blaue hinein Ms. Shoemakers Bekenntnis, keinen Mann mehr zu haben. *Steile These*, dachte Juri, immerhin könnte sie auch geschieden sein oder der Mann ist ihr weggelaufen.

Gedankenverloren reagierte sie auf Jeffs Frage mit leichtem Nicken und gesenktem Kopf.

„Das tut mir leid", beeilte der sich. „Schon lange?"

„Nein, erst seit einem Jahr. Al war sehr krank und zunehmend auf meine Hilfe angewiesen. Es kam der Tag, da reichten meine Kräfte nicht mehr aus, um ihn alleine zu pflegen. Ich musste ihn in ein Heim geben, wo er zwar noch eine Zeitlang gelebt hat, aber ich kann Ihnen sagen, das war kein Leben mehr. Er selbst hätte das niemals so gewollt, sich lieber das Leben genommen, als so dahin zu siechen. Als sich sein Zustand immer weiter verschlechterte, lag er nur noch im Bett, fuhr, immer wenn ich ihn besuchte, mit der flachen Handkante mehrfach waagrecht über seine Kehle um zu bedeuten, dass er genug habe. Da war er schon längst nicht mehr in der Lage, es selbst zu tun. Ich hätte viel darum gegeben, wenn ich ihm hätte helfen können. Jedes Tier in so einer Situation findet Erlösung von seinen Qualen.

Leider verbieten törichte Gesetze hierzulande, einem todkranken Menschen beim Sterben zu helfen, wenn er seinen Arzt darum bittet. Tut der es dennoch, ist er seine Approbation los und landet im Kittchen. Wenn Sie mich fragen, ich finde das unwürdig und inhuman."

Es war mucksmäuschenstill geworden am Tisch. Ashley kämpfte mit den Tränen, Jeff rang kurzzeitig um Fassung.

Nur Ms. Shoemaker und Juri waren der Situation einigermaßen gewachsen.

„Ich bin ganz bei Ihnen, Di", solidarisierte er sich, verblüfft, dass sie ihm im Verlauf ihrer Schilderung bedeutend sympathischer geworden war. Ashley streifte ihn mit einem dankbaren Blick und Jeff erinnerte sich wieder, was er Di erklären wollte.

„Sie werden es nicht glauben, aber was Sie uns eben erzählt haben, hat viel damit zu tun, weshalb ich Ihnen Juri als meinen Privatsekretär und Reisebegleiter vorgestellt habe. Doch schauen Sie nur", lenkte er erfreut ab und zeigte auf das riesige Panoramafenster, „wir haben soeben abgelegt. Vor uns das herrliche Meer, das ich so liebe, der weite Horizont. Kein Platz für trübe Gedanken. Lassen Sie uns ein andermal den Faden wieder aufnehmen. Jetzt wollen wir gut gelaunt und unbeschwert die Ausfahrt aus dem Hafen genießen.
Juri, sei so gut, hole meinen Rollstuhl aus der Kabine, ich möchte gerne nach draußen, die frische Seeluft atmen."

Als Juri zum Tisch zurückkam, traf er nur noch auf Di und Jeff. Gerade erklärte er ihr Herkunft und Bedeutung seines italienischen Nachnamens und dass ihm erst im fortgeschrittenen Alter klar geworden sei, welche Bedeutung das Meer für ihn immer schon hatte und weiterhin haben werde.
Ohne sie darum gebeten zu haben, half sie Jeff in den Rollstuhl, was er zu Juris Erstaunen widerspruchslos zuließ.

„Ashley ist ein Sensibelchen", entschuldigte sie das Verschwinden ihrer Tochter. „Ihr Vater hatte auch nah am Wasser gebaut. Von mir hat sie das jedenfalls nicht!"

Auf dem Promenadendeck ließ ein sanfter Fahrtwind die Hitze des Tages vollkommen vergessen. Scott McKenzies Hippie-Hymne auf die Stadt umschmeichelte die Ohren und machte die Ausfahrt zu einem unvergesslichen, sentimentalen Erlebnis. In einer weit ausholenden Linkskurve glitt das Schiff der untergehenden Sonne entgegen, zwischen Treasure Island auf der Steuerbord- und Telegraph- und Russian Hill auf der Backbordseite, vorbei an Alcatraz Island direkt auf die Silhouette der Golden Gate Bridge zu, unter ihr hindurch hinaus auf den Pazifik.
Andächtig standen die Passagiere an an Deck und bestaunten ergriffen das Spektakel, das sich ihnen bot.
Jeff umfasste mit beiden Händen die Reling, zog sich aus dem Rollstuhl in die Senkrechte und schaute in die Ferne.
Was mochte jetzt in ihm vorgehen, fragte sich Juri und war sich sicher, die Antwort zu kennen.

„Lassen wir ihn für eine Weile allein, Di", schlug er vor und nahm sie ein wenig zur Seite. „Er braucht das jetzt."
„Da schau mal einer an, sensibel wie meine Ashley. Ich dachte immer, russische Männer seien, sagen wir mal, robuster. Sie sind

doch Russe, Juri, nicht wahr? Aber wie ich Sie einschätze, überwiegt bei Ihnen glücklicherweise und im Gegensatz zu meiner Tochter wenigstens ein bisschen der Verstand", nutze sie die Situation für einen weiteren Gesprächsanlauf über ihre Tochter, wozu Juri schon grundsätzlich keinerlei Lust hatte und erst recht nicht nach dieser dämlichen Bemerkung.

„Verflucht, ich glaube, mein Kabinenschlüssel ist weg!" mit gespielter Hektik betastete er sämtliche Taschen seines Jacketts wohl wissend, dass er sich in seiner Hosentasche befand. „Ich fürchte, der liegt noch auf dem Tisch im Salon", entschuldigte er sich hastig und ließ sie stehen.

Oft hatte Großvater den kleinen Jeff, wie er sich später nannte, abends an der Hand genommen, war mit ihm hinunter an den Strand gegangen und hatte ihm allerhand eigenartige Geschichten erzählt, von denen er manche kaum glauben konnte.

„Siehst du da draußen die Inseln, Goffredo", sagte er einmal und deutete auf ein paar winzige, spitze Kegel am Horizont. „Da wohnen die Meerjungfrauen und die Wassergeister. Nur wir Fischer können sie manchmal sehen oder singen hören, wenn wir mit unseren Booten in ihre Nähe kommen."

Mehr noch als Großvaters Geschichten, von denen er über ein unerschöpfliches Reservoir verfügte, faszinierten den Kleinen die Muscheln, die Seeigel, Krebse und Quallen, die zuhauf den Strand bedeckten.

„Alles Lebendige kommt aus dem unendlichen Meer", hatte der alte Mann behauptet. Vor Jahrmillionen seien Fische aus den Ozeanen an Land gekommen und hätten sich dann irgendwann zu Menschen entwickelt. Sein Enkel konnte das kaum glauben und war sich unsicher, ob ihn der Großvater nicht anschwindelte.

Dann waren sie, jeder in seine Gedanken versunken, stumm nebeneinandergesessen und starrten hinaus auf das weite Meer, lauschten und beobachteten die gleichmäßige Dünung. Keine Welle, die der anderen glich, jede unberechenbar in ihrem Verlauf, jede ein Unikat in Bewegung und Farbe.

Fischiger Geruch lag in der salzigen Brise, Möwen zankten sich um Krebse und anderes Getier auf dem reichen Tisch, den das Meer für sie am Strand gedeckt hatte.

Diese Abende gehörten zu den kostbarsten Momenten seiner Kindheit. Dass Großvaters Erzählungen ihm gerade jetzt wieder einfielen, nachdem er jahrelang nicht mehr daran gedacht hatte!

Eines stürmischen Tages war sein nonno auf dem Meer geblieben. „Bei den Meerjungfrauen wird er jetzt sein", versuchte ihn Großmutter zu trösten und war doch selbst zeitlebens untröstlich über ihren Verlust.

Am Abend vor der Übersiedlung der Familie in die Staaten, war der kleine Goffredo noch einmal an ihre alte Stelle am Strand gegangen. Ein letztes Mal hatte er sich von dem liebgewonnenen Anblick des Meeres und ganz besonders von seinem nonno verabschiedet.

Hier auf dem Panoramadeck, hoch über der Wasseroberfläche, erschien ihm der Horizont noch weiter entfernt als damals aus der Strandperspektive. Bis eben noch klar voneinander getrennt waren Himmel und Meer unmerklich zu einer Einheit verschmolzen. Positionslichter vorüberfahrender Schiffe irrlichterten auf der sanftmütigen See und Vögel, die das Schiff seit dem Auslaufen schrill kreischend begleiteten oder für eine kleine Weile als blinde Passagiere auf Rettungsbooten und Schiffsgeländern mitgefahren waren, machten sich auf den Rückweg.

Es war einsam geworden an Deck.

Vermutlich waren viele Passagiere schon auf ihren Kabinen, ins Theater geeilt, hingen im Kasino herum oder an der Theke einer der zahlreichen Bars.

„Alles Ok bei Ihnen?", überraschte ihn ein zaghaftes Stimmchen. Ashley.

Unbemerkt hatte sie sich neben ihn an die Reling geschlichen, in jeder Hand ein Cocktailglas.

„Ist Ihnen nicht kalt und überhaupt, was tun Sie denn so alleine hier oben?", fragte sie.

„Ach, nichts", gab er lässig zur Antwort, weil er sich durch ihr Auftauchen in seinen Gedanken gestört fühlte. Schweigend starrten sie zusammen hinunter und beobachteten die Reflexionen der Lichter auf dem Wasser.

„Glaub ich nicht. Nichts denken geht doch gar nicht", wurde sie keck. „Irgendwas denkt man doch immer. Das Schöne daran ist, dass niemand mitbekommt, was es ist. Manchmal kann man seine Gedanken aber auch teilen", belehrte ihn die vorwitzige Göre, als sie bemerkte, dass er ihrem Argument momentan rein gar nichts entgegenzusetzen hatte.

„Himmel noch mal, du Nervensäge. Natürlich habe ich nachgedacht, wie man es in einem solchen Augenblick eben zwangsläufig tut", versuchte er mit mäßigem Erfolg ihre Neugierde zu bremsen.

„Ich hab zum Beispiel daran gedacht, dass es mir in meinem Leben ähnlich ergangen ist, wie einem Schiff. Habe viele Wellen erlebt, war mal ganz oben, dann wieder ganz unten, aber immer in Bewegung und ständig auf großer Fahrt.
Jetzt stehe ich ganz ruhig und zufrieden an der Reling dieses

Schiffes, sehe die tanzenden Lichter und die Weite, und das ist wunderbar."

Selbst in der Dunkelheit spürte er, wie sie ihn mit jugendlicher Unbekümmertheit anstrahlte.

„Ich glaube, ich mag dich, Jeff.", überfiel sie ihn im Schutz der schummrigen Decksbeleuchtung.

Er war verwirrt bei der Vorstellung, wie sie puterrot anlief, und hoffte, sie würde seine zitternde Hand nicht bemerken, als sie ihn aufforderte, mit ihr anzustoßen.

„Also raus mit der Sprache", wurde sie forsch und ihre Stimme klang jetzt ein klein wenig wie die ihrer Mutter.

„Mit dieser Klischeeantwort bin ich nicht zufrieden. Was hast du wirklich gedacht, als du so versunken hinaus aufs Meer geschaut hast, auf dem es in stockdunkler Nacht außer ein paar Lichtern nichts zu sehen gibt?"

„Ach weißt du, das ist mit ein paar Worten nicht so leicht zu erklären. Wenn ich dir jetzt sage, dass ich über die Unendlichkeit nachgedacht habe und über die Ewigkeit, was solltest du damit schon anfangen. Im Übrigen bin ich mir gar nicht sicher, ob es da überhaupt einen Unterschied gibt.

Beides ist mit meinem dummen, alten Menschenhirn gar nicht zu fassen", blieb er unverbindlich.

Das Mädchen rutschte näher an ihn heran, sodass ihre Schultern sich berührten.

„Viele Menschen machen sich über so etwas ja überhaupt keine Gedanken, dabei sind sie sind wirklich interessant. Ich würde sagen, ewig ist der umfassendere Begriff von beiden. Unendlichkeit heißt ja nicht automatisch endlos, sondern nur, dass es für den menschlichen Verstand eben kein wahrnehmbares Ende gibt."

„Genau zu dieser Erkenntnis bin ich auch gekommen. Angenommen, ich würde hier ins Wasser springen und immer weiter in dieselbe Richtung schwimmen, würde ich irgendwann doch wieder an genau dem Punkt ankommen, an dem ich hineingesprungen bin, also nie an ein Ende dieser Erdkugel gelangen", pflichtete er ihr bei.

„Also, das lässt du vielleicht lieber sein. Dass sich das genauso verhält, wie du sagst, ist doch schon seit hunderten von Jahren bewiesen. Außerdem würdest du den Sprung von hier oben ins kalte Wasser mit größter Wahrscheinlichkeit gar nicht überleben und falls doch, nicht sehr lange. Das wäre dann dein definiertes, persönliches Ende", unterdrückte sie ein Glucksen. „Theoretisch hast du natürlich recht. In Bezug auf die Erdkugel bedeutet Unendlichkeit nichts anderes, als dass ihre Oberfläche zwar unbegrenzt, aber trotzdem endlich ist.

Dasselbe gilt übrigens sehr wahrscheinlich auch für das Universum", fügte sie hinzu und beeindruckte Jeff zum zweiten Mal binnen kürzester Zeit. „Ist übrigens nicht von mir", stellte sie klar, als sie sein Erstaunen bemerkte. „Lieblingsthema meines Professors am College, ich kann es schon bald nicht mehr hören."

Das lange Stehen an der Reling strengte Jeff an. Mit einem Stoßseufzer der Erleichterung ließ er sich in den Rollstuhl fallen.

„Sei froh, dass du schon in jungen Jahren von solchen Dingen hörst. Im Gegensatz zu mir. Vier Jahre Wirtschaftsstudium hab ich abgerissen, früh einen Haufen Kohle verdient, mir den Arsch aufgerissen für meinen Job, dicke Autos gefahren und über all dem Scheiß meine Ehe vergeigt. Kein einziges Mal habe ich mich mit solchen Fragen auseinandergesetzt. Erst jetzt, als alter, kranker Mann, fange ich an, langsam zu begreifen, dass Fragen wie diese zu den wesentlichen Dingen der menschlichen Existenz gehören.

Aber jetzt ist mir doch kalt geworden, lass uns reingehen".

Obwohl noch weit vor Mitternacht, fühlte er sich hundemüde und sehnte sich am Ende eines langen Tages nach seinem Bett.

Ashley brachte ihn bis zur Kabine, reichte ihm ihre zierliche Rechte und wünschte ihm eine gute Nacht.

Von nebenan waren Geräusche zu hören. Leises Klopfen an der Verbindungstür, Juri schaute kurz herein.

„Na, hattest du einen netten Abend", fragte er aufgekratzt, wollte aber am liebsten sofort von seinen Erlebnissen mit Ms. Shoemaker berichten, die ihn in einer der Bars aufgegabelt und den kompletten Abend mit Beschlag belegt hatte.

„Morgen, Juri, erzähl mir das morgen. Ich bin todmüde", bat ihn Jeff, wofür Juri sofort Verständnis hatte und sich zurückzog.

Nach dem Dinner mit den Shoemakers war ihm nach einem Schlummertrunk zumute gewesen. Auf dem Weg zur nächsten Bar hatte er kurz bei Jeff vorbeigeschaut, ihn aber auf seiner Kabine nicht angetroffen. Also machte er sich alleine auf. Vielleicht hing er in jener Bar herum, die er zu seiner Stammbar erkoren hatte. Aber auch dort war er nicht. Am Ende seines Rundgangs landete er in einer kleinen Bar im Heck. Softe New Age Klänge in Kombination mit zurück genommenem Licht sorgten für eine lauschige Wohlfühlatmosphäre, die ihn augenblicklich behaglich einlullte. Mit einem Tequila Sunrise bewaffnet, fläzte er sich in einen der bequemen Ledersessel, schloss die Augen und ließ den Tag an sich vorüberziehen.

„Ich störe doch nicht etwa? Wie ich sehe, sind Sie allein."
Ohne den leisesten Zweifel, wer ihn da soeben aufgestöbert hatte, hielt Juri die Augen geschlossen. „Haben sie Ash gesehen? Ich habe keine Ahnung, wo sie steckt, aber hier auf dem Schiff kann sie ja nicht abhandengekommen sein", witzelte sie. „Für mich auch einen", rief sie dem vorüberrauschenden Kellner nach, deutete auf Jeffs Cocktailglas, schob einen zweiten Sessel heran und setzte Juris kurzer Träumerei ein jähes Ende. „Eine Mutter bleibt eben immer eine Mutter", klagte sie selbstironisch, „egal, wie alt ihr Kind ist.
Die dämliche, alte Mum kann gar nicht anders, sie macht sich immerzu Sorgen, selbst wenn der Nachwuchs schon erwachsen ist. Blöd so was, ich weiß. Vielleicht liegt es aber auch daran, dass Ash

ein Mädchen und dazu so ein zartes Ding ist. Al schimpfte immer, ich würde sie zu sehr in Watte packen, da könne das Kind niemals richtig selbständig werden. Jetzt, wo Al nicht mehr lebt, merke ich noch mehr, wie sehr die Kleine an ihrem Vater hing und immer noch hängt. Wenn sie das emotional nicht besser in den Griff bekommt, wird sie in jedem Mann, dem sie begegnet, ihren geliebten Dad suchen und Männer, die altersmäßig besser zu ihr passen würden, links liegen lassen."

Leicht vorstellbar, was jetzt als Nächstes kommen würde. Im Versuch, erstmals in dieser Begegnung zu Wort zu kommen, richtete sich Juri entschlossen im Sessel auf, prostete ihr zu und nippte an seinem Cocktail.

„Ich weiß nicht Di", hielt er entschlossen dagegen, „ich glaube, das sehen Sie zu einseitig. Sie sollten sich da keine Vorwürfe machen. Gewiss, Sie kennen Ash länger und besser, aber ich habe den Eindruck, dass in ihr durchaus ein selbstbewusster Kern steckt. Sie müssen nur lernen, loszulassen und zu akzeptieren, dass aus ihrem Kind eine attraktive junge Frau geworden ist."

Sie verzog die Mundwinkel zu einem gequälten Lächeln.

„Weiß schon, weshalb Sie das sagen, Sie charmanter Schwerenöter", tadelte sie seine Entgegnung und zog sofort wieder die Gesprächsführung an sich. „Wie war das denn bei Ihnen, haben Ihre Eltern Sie beizeiten losgelassen oder ist Ihre Mutter genauso eine Glucke wie ich? Ach, was frage ich, Sie sind ein Junge, und auf Söhne müssen Eltern nicht so aufpassen, wie auf Töchter", behauptete sie in einem Ton, der keinen Widerspruch duldete.

Dass Pausen dramaturgisch oft wichtiger sind als Text und Handlung, auch das wurde den jungen Studenten auf der Schauspielschule schon im ersten Semester vermittelt. Juri ließ Di also längere Zeit auf eine Antwort warten, gab sich nachdenklich und klingelte versonnen mit Rührstäbchen und Eiswürfeln in seinem Glas herum. Wie hypnotisiert verfolgte Di seine Rührbewegungen.

„Wer mein Vater war, weiß ich nicht", erlöste er sie schließlich, „und an meine Mutter habe ich kaum Erinnerungen. Sie musste von uns weg und ließ mich zurück, als ich noch ein kleiner Junge war. Fotos von ihr habe ich zwar gesehen, aber auf denen war sie eine junge Frau. Ich habe keine Ahnung, ob sie überhaupt noch lebt."

Vielleicht hatte er doch etwas zu dick aufgetragen, denn sein Schicksal betrübte sie sehr. Sie stellte ihr Glas ab und berührte ihn sanft am Arm.

„Armer Junge, dann sind Sie ja praktisch ein Waisenkind und waren schon früh mutterseelenallein auf der Welt."

„Na ja, ganz so schlimm war es auch wieder nicht, ich hatte ja meine Großeltern, bei denen ich aufgewachsen bin", gab sich Juri unbeschwert. „Mir hat doch nichts gefehlt. Später hat man sowieso kaum noch eigene Erinnerungen an Personen oder Erlebnisse aus der Kindheit und vermisst sie folglich auch nicht.

Das meiste, was man zu wissen glaubt, hat man erzählt bekommen aber nicht bewusst selbst erlebt."

Ohne zu widersprechen, ließ Ms. Shoemaker von ihm ab. Drinks, Licht und Musik in der Bar hatten sie schläfrig gemacht. Auch Jeff konnte sich ihrem mehrfachen, herzhaften Gähnen nicht entziehen und war heilfroh, als sie verkündete, sich in ihre Kabine zurückziehen zu wollen.

Um ungestört zu sein, ließ Juri das Frühstück auf die Kabine bringen. Sein Sprechbedürfnis war ungebrochen.

„Sag mal, was hältst du von unserer Lady Di?", bestürmte er seinen Reisepartner. Schmunzelnd ließ der sich mit der Antwort Zeit

„Nun, ich glaube, sie ist eine ziemlich robuste Person, gefällt sich in der Rolle der gestrengen Gouvernante, hat aber auch eine empathische Seite, von der ihre Tochter allerdings wenig zu spüren bekommt," analysierte er ihre neue Bekanntschaft. „Ash tut mir verdammt leid.

Gestern Abend hatte ich eine wirklich erfreuliche Begegnung mit ihr auf dem Panoramadeck und eine überaus ernsthafte Unterhaltung über das Universum, die Ewigkeit und die Unendlichkeit. Von der kann ein alter Zausel wie ich noch was lernen! So ein kluges, begabtes Persönchen und wird von ihrer Mutter behandelt wie ein unartiges Gör! Man müsste das Di in einer stillen Stunde einmal schonend beibringen."

„Da schau einer an. Eine überaus ernsthafte Unterhaltung über das Universum", wiederholte Juri süffisant.

Dennoch konnte Jeff nicht länger für sich behalten, dass ihm die Kleine reizende Avancen gemacht und ihm gestanden hatte, dass sie ihn mag. „Da bin ich alter Esel aber erschrocken, das kannst Du mir glauben."

„Ja, für ältere Herren scheint Ashley eine Schwäche zu haben", erwiderte Juri. „Di hat mir erzählt, dass ihre Tochter ein ausgesprochenes

Vaterkind ist, ihn außerordentlich vermisst und sich zu älteren Herren hingezogen fühlt."

Jeff war sich sicher, dass Juri sich über ihn lustig machte.

„Und bei dir, Blödmann, wie wars bei dir? Könnte es eventuell sein, dass Lady Di umgekehrt eine Schwäche für jüngere Mannsbilder hat", konterte er angriffslustig.

„Weiß nicht, kann schon sein. Ich glaube, es wäre ihr lieber, ihre Tochter interessierte sich für Gleichaltrige. Ich hab ihr das schon gesteckt, dass sie ihre Tochter behandelt wie ein Schulmädchen und sie ist sich Ihrer Gluckenrolle auch durchaus bewusst. Sie hat mich auch nach meiner Herkunft und Jugend gefragt, und als ich ihr alles erzählt hab, ist sie vor Mitleid fast zerflossen."

„Wie ich sehe, hattet ihr also genügend Gesprächsstoff", stellte Jeff nüchtern fest und hielt den Augenblick für gekommen, dem Gespräch die Wendung zu geben, die ihm schon lange auf der Seele lag. „Dass du einen Schlag bei älteren Damen hast, ist mir schon bei der Schilderung deiner ersten Begegnung mit Kathy nicht entgangen", kam er schnörkellos auf den Punkt und wunderte sich, bei Juri nicht den leisesten Widerspruch hervorzurufen.

„Erinnerst du dich, dass ich dich gebeten habe, nicht zu erwähnen, dass wir uns kennen?" Juri nickte zerstreut. „Ich denke, der Zeitpunkt ist gekommen, dir zu sagen weshalb."

Geistesabwesend rückte Juri seine Teetasse auf dem Unterteller zurecht, legte den Löffel daneben, mit dem er, noch während Jeff seine

Fragen stellte, versehentlich eine Ladung Kaviar auf sein Schoko-Croissant gehoben hatte. Unvermittelt schnellte er hoch, drehte Jeff den Rücken zu und starrte, beide Hände in den Hosentaschen vergraben, durch das geschlossene Kabinenfenster auf die Schaumkämme des bewegten Pazifiks. Schwankend versuchte er das Rollen und Gieren des Schiffes auszugleichen.

„Ich glaube, mir wird schlecht“, schluckte er. Beide Hände auf den Mund gepresst, schoss er wie ein Pfeil ins Badezimmer wo er sich übergab.

Schade, dachte Jeff. Dann eben ein anderes Mal.

Den stürmischen Seetag verbrachten sie schweigend, jeder auf seiner Kabine.

Die *Please don't disturb* Schilder an ihren Kabinentüren bewahrten sie vor bemühten Stewards, denn nach Nahrungsaufnahme jeglicher Art war beiden nicht zumute. Juri lag den ganzen Tag über im Bett und Jeff nutzte die Gelegenheit, endlich einen Brief an Blake und Eve zu schreiben.

Liebe Eve, lieber Blake,

tut mir leid, dass ich so plötzlich und heimlich aus Portland verschwunden bin. Aber ihr kennt mich ja. In der Zwischenzeit habe ich viel nachgedacht, mir schon immer wichtige und wichtig gewordene Menschen getroffen und gelernt zu akzeptieren, wie es um mich steht. Dennoch bin

ich nach wie vor von der Richtigkeit überzeugt, meinen Weg selbstbe-
stimmt weiterzugehen. Ich habe euch viel zu wenig für eure Hilfe ge-
dankt, darum tue ich es jetzt. Dir, Blake wünsche ich, dass Du einen
neuen, ebenbürtigen Tennispartner findest. Dich, Eve, bitte ich um Ver-
zeihung, dass ich mich Dir gegenüber so oft so dumm verhalten habe.
Wir hatten so eine glückliche Anfangszeit und ich habe alles vermasselt.
Bitte sorge dafür, dass meine Musikbibliothek in gute Hände kommt.
Für Euren gemeinsamen Lebensweg wünsche ich Euch alles Glück die-
ser Erde. Behaltet mich trotz meiner Ecken und Kanten in guter Erin-
nerung

Jeff

Gegen Abend läutete das Telefon. Jeff war sehr erfreut Ashleys
Stimme zu hören, die allerdings matter klang als am Abend zuvor. Sie
wollte lediglich mitteilen, dass der Seegang an ihr und ihrer Mutter
nicht spurlos vorüber gegangen sei.

Sie sollten sich keine Sorgen machen, wenn sie und ihre Mum nicht
zum Dinner erschienen.

Als sie hörte, dass auch den beiden Männern der Appetit vergangen
war, kicherte sie verschämt, wünschte gute Besserung und legte auf.

Zum Glück hatten die heftigen Schiffsbewegungen noch im Verlauf der Nacht nachgelassen, das Knacken und Ächzen des Mobiliars wurde allmählich weniger und Juri war in einen erholsamen Schlaf gefallen. Erst das Klappern des Servierwagens, auf dem der Steward das Frühstück in die Kabine schob, weckte Juri auf. Als er im Bademantel aus der Dusche kam, saß Jeff bereits fertig angezogen und fröhlich pfeifend mit einem Glas Champagner in der Hand in seinem fahrbaren Untersatz mit dem er in die Nachbarkabine herüber gerollt war. Dem Füllstand der Flasche nach, war es keineswegs sein erstes an diesem Morgen.

„Umziehen kannst du dich später. Suche uns zum Frühstück im Bordprogramm eine schöne Musik und setz dich", wies er Juri an. Glücklicherweise fand der mit italienischen Opernarien auf Anhieb das Richtige. „Wo waren wir gestern stehen geblieben?"
Er fragte nicht, weil er das etwa vergessen hätte, sondern nur, um ohne Umschweife den Gesprächsfaden vom Vortag wieder aufzunehmen.

„Ich möchte mit dir über Kathy sprechen", begann er und versuchte vergeblich, eine Reaktion in Juris Gesicht zu lesen. „Ich kenne sie schon seit Jahren. Damals kam ich geschäftlich gelegentlich rüber nach New York und bin ihr an einem meiner einsamen Abende zufällig in der Bar begegnet, in der sie heute noch arbeitet. Wenn man daran glaubt, könnte man es als Schicksal bezeichnen, dass wir uns begegnet sind. Beide waren wir einsam und anlehnungsbedürftig. Sie todunglücklich mit ihrem Job in der verrauchten Kaschemme, in der die Gäste sie Abend für Abend schmerzlich an ihr eigenes Schicksal erinnern. Ich vor den Trümmern meiner Ehe und mit schlechtem Gewissen, weil ich kapiert hatte, dass mich die alleinige Schuld daran traf. Hatte aber auch nicht die Eier in der Hose, mich offiziell aus der Verbindung mit Eve zu lösen. Stattdessen stürzte ich mich in meine Arbeit. Wenn ich gerade mal nicht irgendwo auf der Welt mehr oder weniger anständige Geschäfte machte, versuchte ich, bei Kathy in New York zu sein. Mit ihr war alles anders. Unbelastet von allem, was Alltag war.

Für Details ihres Lebens habe ich mich erst interessiert, nachdem ich dir begegnet bin. Zuerst war es nur so ein vages Gefühl, das mich dazu brachte, dich zu bitten, alleine in die Bar zu gehen. Ich wollte, dass ihr euch möglichst unbefangen begegnet und war gespannt, was ihr mir darüber erzählen würdet.

Wie sie von dir geschwärmt hat und was du über den Abend in der Bar erzählt hast, hat mich schon ein wenig eifersüchtig gemacht. Fast hab ich bereut, euch zusammengebracht zu haben, bis ich gemerkt habe, wie jeder vom anderen zwar angetan ist, gleichzeitig aber auch großes Misstrauen zwischen euch besteht.

Ich hatte gehofft, unser Treffen zu dritt im *Leopardo* würde alles aufklären, und hab euch genau beobachtet. Gemauert habt ihr wie die Weltmeister, wie in einem Duell hat jeder von euch darauf gelauert, wer wohl den ersten Fehler macht.

Ein paar Mal hab ich befürchtet, ihr würdet gleich aufeinander losgehen.

Wie kann es sein, dass zwei Menschen, die einander fremd sind, sich gegenseitig so erbarmungslos in die Mangel nehmen können?"

„Haben wir uns das nicht alle drei gefragt? Ich brenne geradezu darauf zu hören, welche Schlüsse du daraus gezogen hast", sparte Juri nicht an Ironie.

„Ich würde mal sagen", orakelte Jeff, „so begegnen sich Menschen, die einander entweder spinnefeind oder aber stark voneinander angezogen sind, es sich aber nicht eingestehen wollen oder können."

„Oh, what a bullshit!", wurde Juri laut. „Simpelste Küchenpsychologie! Glaub nicht alles, was du denkst! Ein kranker Mann auf der Suche nach Antworten auf eine Frage, die sich nicht stellt. Wunschdenken, mehr nicht. Ist ja verständlich, dass du dir in deiner Situation solche Gedanken machst, aber halt mich da bitte raus."

„Im Gegensatz zu dir hab ich wenigstens ansatzweise eine Antwort, die zumindest mir durchaus einleuchtend erscheint."

Er hätte das gerne noch weiter ausgeführt, da forderte eine Durchsage des Kapitäns alle Passagiere auf, sich zur vorgeschriebenen Rettungsübung an ihre jeweilige Musterstation zu begeben.

Sammelpunkt für ihre Kabinennummern war die Bar, die sie schon am ersten Abend auf dem Weg zum Dinner kurz besucht hatten. Der Barkeeper stand bereits mit umgelegter Rettungsweste am Tresen, begrüßte Jeff wie einen alten Bekannten und entschuldigte sich vorsorglich, dass ihm während der Rettungsübung kein Ausschank erlaubt sei.

Auf der anderen Seite der Bar verfolgten die Shoemakers, wie ein Steward den richtigen Gebrauch der Schwimmweste demonstrierte.

„Bis heute Abend zum Dinner", rief Ash, und winkte fröhlich.

„Ich verzichte übrigens auf den Landgang in Astoria", flüsterte Jeff seinem Begleiter ins Ohr und winkte zurück. „Die Fahrt mit dem Bus von dort nach Portland dauert mindestens zwei Stunden. Das ist mir zu stressig. Außerdem kenne ich Portland recht gut. Ich wohn ja da", kicherte er, zog zwei Briefe aus der Jackentasche, und übergab sie Juri. „Geh alleine, gib die beiden Briefe auf und amüsier dich in der Stadt. Ich komme hier schon alleine zurecht."
Juri überlegte kurz, ihm zu raten, weniger zu trinken, ließ es dann aber sein.
Schließlich war Jeff erwachsen und er nicht sein Aufpasser.

Der Shuttlebus brachte alle Ausflugsgäste, die weiter nach Portland fahren wollten, zunächst in das kleine, kaum zehntausend Einwohner zählende Astoria, in dem es wenig Spannendes zu sehen gibt. Dennoch verspürte Juri plötzlich keine Lust mehr, in den Fernbus nach Portland umzusteigen.

Ohne lange Suche fand er in dem übersichtlichen Örtchen das Postoffice in der Commercial Street, warf Jeffs Briefe ein und wunderte sich, dass keiner an Kathy dabei war. Eines der Kuverts war an einen gewissen Dr. Blake Baxter adressiert, das andere an Mr. Michael Finch, beide in Portland. Nach Erledigung seines Auftrags wanderte er über den Coxcomb Drive hinauf zur Astoria Column. Auf einer Tafel las er über die ersten Siedler und wie sie nach monatelangem, gefahrvollem Treck auf dem Oregon-Trail zum ersten Mal an diesem Punkt, dem Ziel ihrer Träume, angekommen waren. An der Mündung des Columbia-River in den Pazifik.

Juri war durchaus angetan von der schönen Aussicht, aber nicht in der Lage, sich auf den Ort und seine Historie zu konzentrieren. Wieso war bei den Briefen keiner an Kathy dabei? Ausgerechnet an sie nicht, wo sie die Männer doch inständig darum gebeten hatte, sich von unterwegs zu melden, wann immer es möglich sei.

Auch Jeffs morgendliche Bekenntnisse, und noch mehr seine Spekulationen ihn und Kathy betreffend, dominierten seine Gedanken.

Ganze zweimal war er dieser Frau begegnet, nicht einmal ihren Nachnamen kannte er und so gut wie gar nichts über ihr Leben. Und trotzdem, der Film seiner Begegnung mit ihr in der Bar und dann im *Leopardo* ratterte ununterbrochen unter seiner Schädeldecke.

Was in aller Welt macht sie so sicher, dass Igor nicht sein wirklicher Name ist? Wie unsinnig sind denn Zweifel an seinem Namen? Meine Güte, was nützt es ihr schon, wenn sie weiß, was ich als Kind einmal werden wollte! Zeig mir einer doch mal den Jungen, der nicht davon geträumt hat, Pilot, Lokomotivführer oder so was zu werden. Gibt es für sie wirklich nichts Wichtigeres, als solche Belanglosigkeiten? Er spürte neuen Zorn in sich hochsteigen und je öfter der Film sich wiederholte, desto weniger gelangte er zu plausiblen Antworten. Infolgedessen beschloss er, vorzeitig zum Schiff zurückzukehren.

„Mit dir habe ich noch gar nicht gerechnet", empfing ihn Jeff mit erkennbarem Vorwurf in der Stimme. Er saß am Schreibtisch, vor sich mehrere Blatt Papier, dessen oberstes er rasch abdeckte, als Juri hinter ihn trat. Sogleich bereute er seine Taktlosigkeit und zog sich diskret in seine Kabine zurück. Durch die geöffnete Verbindungstür hörte er unverständliche Laute.

Offenbar kommentierte Jeff seine Notizen oder las sich halblaut vor, was er geschrieben hatte. Manchmal fluchte er leise und dazwischen hörte es sich an, als zerknülle er Papier.

„Fertig", tönte es endlich von drüben, „kannst kommen. Du hast soeben geerbt."

Wie bitte? fragten Juris Augen. Wie paralysiert starrte er den Mann im Rollstuhl an. Stumm und ziemlich lang. Statt in einen Freudentaumel auszubrechen, wie man es anlässlich dieser frohen Botschaft hätte erwarten können, wurde er kreidebleich.

„Drei Ausfertigungen gibt es von diesem Dokument. Eine für dich, eine für Kathy und die dritte werden wir umgehend an meinen Notar zur Beglaubigung schicken. Dann ist es amtlich. So, und jetzt verrätst du mir vielleicht endlich mal, was dir zu Kathy und deinem Verhältnis zu ihr so alles eingefallen ist", drängte Jeff ihn zu einer Aussage.

„Nichts ist mir dazu eingefallen, absolut nichts. Aber es stinkt mir gewaltig, dass du nicht aufhören kannst, mir Dinge einzureden, von denen du glaubst, sie seien die Wahrheit, nur weil du dir das so schön zurechtgelegt hast. Sei so gut und verschone mich mit deinen Spekulationen."

„Na schön, ich verspreche es, es hat wohl wirklich keinen Sinn. Jedenfalls ist jetzt schon mal geklärt, dass ihr beide, falls ich irgendwann ins Gras beißen sollte, meine Erben sein und mit meiner Kohle ein besseres Leben haben werdet.

Dann könnt ihr immer noch in aller Ruhe herausfinden, ob sich der dumme, alte Jeff getäuscht hat oder nicht."

Jeff bedauerte die unangenehme Spannung, die kurzzeitig zwischen ihnen entstanden war, verstand und respektierte jedoch, dass Juri jetzt allein sein wollte und den Abend brauchte, um sich zu sortieren. Bevor er sich alleine auf den Weg zum Dinner machte, bat er Juri aber noch, den Bordfunker zu beauftragen, die soeben fertiggestellte Verfügung an seinen Anwalt und Notar in Portland zu faxen.

Di und Ash saßen bereits bei der Vorspeise, als Jeff an den Tisch gerollt kam und den Damen eröffnete, dass Juri heute nicht am Essen teilnehmen könne.

„Ist ihm noch immer schlecht vom Seegang? Der Junge ist wirklich sensibler, als es auf den ersten Blick aussieht", kommentierte Di und kam sich ungeheuer einfühlsam vor.

„Nein, nein", dementierte Jeff. „Es geht ihm schon wieder besser. Ich habe ihn in einer dringenden privaten Angelegenheit auf die Brücke geschickt."

Kaum hatte der Ober die Vorspeise aufgetragen, musste er sich schon nach den ersten Bissen selbst entschuldigen.

Nach einer längeren Schonfrist stellten sich stumpf und schwer und geradezu überfallartig die hinlänglich bekannten und gefürchteten Schmerzen wieder ein.

In den vergangenen Tagen hatte ihm der Tumor erstaunlicherweise wenig zu erzählen gehabt. Er hielt sich unauffällig in seinem Versteck, täuschte hinterlistig vor, Ruhe zu geben, was sein Opfer bisweilen euphorisch machte. Doch jetzt rächte sich der heimtückische Kerl dafür, dass ihm ein paar Tage lang nicht mehr Beachtung zuteil geworden war. Jedenfalls schien er nun alles auf einmal nachholen zu wollen und zog Register, die Jeff bislang unbekannt waren.

Zu den Schmerzen im Unterbauch gesellte sich plötzliche Atemnot, der Kreislauf ging in die Knie, das Herz raste um sein Leben und er verlor das Bewusstsein.

Als er die Augen aufschlug, saß Juri am Bett und schwenkte triumphierend ein kleines braunes Fläschchen.

Es war nicht das Kabinenbett, in dem Jeff sich wiederfand, sondern ein Krankenbett im Bordhospital, wohin man ihn nach seinem Zusammenbruch im Restaurant gebracht hatte. Schon wieder habe man ihn gegen seinen Willen eingeliefert, polterte er und machte Juri Vorwürfe, das nicht verhindert zu haben.

Sofort solle man ihn auf seine Kabine bringen, verlangte Jeff und forderte die Herausgabe seiner Kleidungstücke.

Noch angefressener als der aufsässige Patient war der Schiffsarzt.

„Bitte sehr, des Herrn Wille ist sein Himmelreich! Den Teufel werde ich tun und Sie gegen Ihren Willen hierbehalten. Aber eines sage ich Ihnen, es ist mehr als unvernünftig, nicht wenigstens über Nacht hier zu bleiben."

Juri war das Spektakel, das Jeff im Bordhospital aufgeführt hatte, grenzenlos unangenehm. Auch ihm wäre bedeutend lieber gewesen, man hätte Jeff wenigstens über Nacht in der Bordklinik medizinisch überwacht. Jetzt hatte er ihn alleine an der Backe und musste zusehen, wie er damit zu Streich kam.

Doch alle seine Befürchtungen lösten sich in Luft auf.

Kaum hatte sich Jeff in seiner Kabine ins Bett gelegt, war er auch schon eingeschlafen. Der Steward hatte wie immer bereits am frühen Abend die Kabinen für die Nacht hergerichtet und die Bestückung der Minibar ergänzt. Es herrschte Totenstille. Bis auf Jeffs Schnarchgeräusche. Es kam Juri so vor, als seien sie durch die dünne Kabinenwand lauter zu hören als sonst.

Er hatte es sich im Sessel bequem gemacht und bereits die zweite Flasche in Angriff genommen, als er den belustigten Blick des Herrn im Spiegel bemerkte.

„Prost, Erbe!" rief der ihm weinselig zu.

Offenbar war dem Fremden bereits bekannt, was er, Juri, erst vor wenigen Stunden erfahren hatte. Wäre interessant gewesen, von ihm zu hören, was er davon hielt und ob er auch befürchtete, Jeff habe es sich bis morgen vielleicht schon wieder anders überlegt.

Ob er ihn direkt danach fragen sollte, grübelte Juri, ließ es aber sein, weil er den diffusen Blick seines Gegenübers nicht deuten konnte. Als der dann auch noch anfing, in verwaschener Sprache das Märchen vom armen Tropf zu erzählen, dem eines Tages ein steinreicher Mann begegnet war, der ihm all sein Geld vermachte, verlor er in Juris Augen beträchtlich an Glaubwürdigkeit. Zumal der Spiegelmann ins Stocken kam und schon bald nicht mehr wusste, wie die Geschichte weiterging. Stattdessen glotzte er nur blöd, so dass es Jeff vorkam, als äffe der Kerl ihn nach. Sie streckten einander die Zunge raus und zogen idiotische Fratzen. Dabei entdeckten sie, dass sie beide eine klitzekleine Narbe über der Braue hatten. . Der eine links, der andere rechts.

„Wohl mal besoffen hingefallen oder was", lallte Juri ihn an. „Erzähl mir jetzt bloß keinen Scheiß von wegen Zufall oder so! Es gibt keine Zufälle, merk dir das, Prost!"
Sein Saufkumpan war auch schon reichlich angetrunken, schaute bekümmert drein und wollte wohl gleich anfangen zu flennen.

„Hör mal, alter Schwede", nuschelte Juri dem Spiegeltypen zu und musste aufstoßen. „Wenn du mir nicht antworten willst, ist es auch gut, aber glotz mich nicht so blöd an!"
Dem Spiegelmann war das Blut in den Kopf geschossen. Mit knallroter Birne saß er da und war die Ratlosigkeit in Person. Juri nickte ihm versöhnlich zu, sie erhoben die Gläser ein letztes Mal, und als er schließlich rücklings ins Bett kippte, verlor er auch den Spiegelmann aus den Augen.

Jeffs Schnarcherei war alles, was er noch wahrnahm.

Solange er Juris Stimme von drüben hörte, stellte Jeff sich schlafend und schnarchte zur Tarnung. Nicht ausgeschlossen, dass er auch einmal kurz eingenickt war. Irgendwann war es in der Nachbarkabine ruhig.

Wie bei seinem missglückten Fluchtversuch aus der Klinik, schlüpfte er in den Bademantel und schob den Rollstuhl leise hinaus auf den Gang.

Den Brief hatte er gut sichtbar mitten auf den Schreibtisch gelegt. *Kathy* stand in großen Lettern auf dem Kuvert. *Persönlich*

Das Schiff war wie ausgestorben. So kurz vor Mitternacht begegnete er nur ein paar Stewards und dem Kapitän.

„Na, schlaflos und unternehmungslustig, der Herr?", scherzte er, drückte sich am Rollstuhl vorbei und eilte auf seine Kabine.

Wie jeden Abend stand Jeffs Lieblings-Barmann hinter dem Tresen und winkte schon von weitem, als er ihn kommen sah. Außer Ash hatte er keine weiteren Gäste. Augenblicklich rutschte sie vom Barhocker und setzte sich in eine der Sitzgruppen Jeff gegenüber.

„Als hätten wir uns verabredet zu dieser späten Stunde", begrüßte sie ihn mit leiser Stimme. „Ich bin froh, dass es dir wieder besser geht nach dem breakdown heute beim Dinner. Es tut so gut, mir dir zu reden.

Meine Mutter pennt schon längst und wird mich nicht vermissen. Und wenn, ist mir das auch egal.

Wir hatten einen Wahnsinnsstreit und ich glaube, sie ist genauso froh wie ich, wenn wir uns eine Zeitlang nicht unter die Augen kommen. Ständig macht sie mir Vorschriften und behandelt mich wie eine Zwölfjährige. Ich sehne mich so danach, bald wieder am College zu sein. Da steh ich nicht ständig unter ihrer Fuchtel und kann tun, was ich für richtig halte.

Auf diese blöde Reise habe ich mich nur eingelassen, weil ich meinem Daddy versprochen hab, mich um Mum zu kümmern, wenn er mal nicht mehr ist. Davon weiß sie nichts, will mich aber ständig mit irgendwelchen Männern verkuppeln. In ihren Augen bin ich noch immer ihr kleines Mädchen, doof, naiv und unselbständig."

„Versteh ich bestens. Wie sie dich behandelt ist wirklich nicht in Ordnung. Das hat mich schon an unserem ersten Abend gestört."

„Als Daddy noch lebte, stritten die beiden oft. Meistens wegen meiner Erziehung. Er sah alles nicht so eng, glaubte an mich und respektierte mich als Person, selbst als ich noch ein Kind war. Ich vermisse ihn so sehr!"

„Noch mal das Gleiche?", fragte der Barkeeper. Jeff nickte.

„So einer wie dein Vater war für mich mein Großvater.

Es hat mir einfach gutgetan, dass er mich schon früh für voll nahm, mir einerseits viel zutraute, andererseits mit seinen versponnenen Geschichten auch immer wieder das Kind sah, das ich damals natürlich noch war. Dabei war er nur ein einfacher Fischer. Was hat er mir nicht alles erzählt von den Meerjungfrauen und von den Menschen, die angeblich vor Jahrmillionen aus dem Wasser an Land gekommen seien und all das wunderbare und abstruse Zeug, mit dem er, lang ist es her, aus unseren Abenden am Strand für mich große Abenteuer machte."

Ash schwieg und wischte sich verstohlen eine Träne von der Wange. „Heute ist auch so eine Abenteuernacht. Komm lass uns an Deck gehen, ich bin mir ziemlich sicher, wenn wir fest an ihn denken, dann begegnen wir dem alten Fischer", schlug Jeff vor, stellte das Tablett mit den halbvollen Gläsern auf die Knie und rollte schon mal voraus in Richtung Aufzug.

Ash wollte sich rasch noch etwas Warmes zum Anziehen aus ihrer Kabine holen.

„Bis gleich", rief sie ihm hinterher, „ich beeil mich."

Auf dem Promenadendeck war es stockfinster, als Ash wieder aus dem Aufzug trat. Ihre Augen brauchten geraume Zeit, um sich an die Dunkelheit zu gewöhnen. Um diese Uhrzeit war kein Mensch mehr hier oben. Liegestühle, Bänke und Tische waren wie jeden Abend von den Matrosen aufeinandergestapelt und sturmsicher verzurrt worden.

„Jeff", rief sie immer wieder, „wo bist du, ich kann die Hand vor Augen nicht sehen!"

Bestimmt hockt er mit seinem Rollstuhl irgendwo im Windschatten hinter einem dieser Stapel, vermutete sie. Ihr Anorak trotzte dem Wind nur ungenügend. Unverdrossen machte sie ein weiteres Mal die Runde über das ganze Deck, rief immer wieder Jeffs Namen trotz wachsender Zweifel, ob ihre Rufe das Pfeifen des Windes in den klappernden Tauen und Trossen übertönen konnten.

Da fiel ihr ein, dass Jeff nur diesen Bademantel getragen hatte. Na klar, sagte sie sich, es ist ihm da draußen schon bald zu kalt geworden und er ist wieder reingegangen. Wir haben uns einfach nur verfehlt. Da er auch nicht mehr in der Bar herumhing, nahm sie an, dass er schon längst auf seiner Kabine im warmen Bett lag.

„Your breakfast, Sir", flötete der aufreizend gut gelaunte Steward und schob sein Wägelchen lächelnd ans Bett. Kaum war er wieder draußen, versuchte es Juri mit Aufstehen, was auch leidlich gelang.

„Jeff, kommst du rüber, das Frühstück ist da. Oder soll ich lieber zu dir kommen", rief er in die Nachbarkabine. „Hab nachgedacht, glaube allerdings nicht, dass da was dran ist, an deiner Vermutung. Sag mal, hat diese Kathy eigentlich auch einen Nachnamen?"

Kein Laut von drüben, kein Schnarchen, nichts.

Er blickte auf die Uhr.

Wahrscheinlich ist Jeff schon längst zum Frühstück gegangen.

Ein Blick durch die Verbindungstür bestätigte seine Vermutung. Das Bett war benutzt, aber weder der Rollstuhl noch Jeff selbst waren im Raum. Nach der Dusche fühlte sich Juri besser, trank eine Tasse Kaffee, aß ein Croissant, überlegte in aller Ruhe, wo Jeff wohl am wahrscheinlichsten zum Frühstücken hingegangen sein könnte, und machte sich dann auf den Weg. Jeffs Lieblingsbar war Juri als erstes eingefallen. Doch da war er nicht.

In der Nacht sei er dagewesen, informierte ihn der Barkeeper. Beschwören wolle er es nicht, aber es habe so ausgesehen, als sei er mit der jungen Dame verabredet gewesen, die er hier getroffen hat. Nachdem der Herr im Rollstuhl so gegen Mitternacht eingetroffen sei, hätten sich die beiden prächtig unterhalten und immer wieder herzlich gelacht. Ja doch, getrunken hätten sie schon auch das eine oder andere Glas, ließ er sich auf hartnäckige Nachfrage entlocken.

Im Restaurant traf Juri auf Di und Ash. Auch sie hatten Jeff heute noch nicht gesehen. Di war kurz angebunden und ihr ätzender Gouvernantenblick riet zu erhöhter Vorsicht. Ash brachte sich umgehend aus dem mütterlichen Schussfeld und rutschte flink an seinen Tisch. Fahrig fingerte sie an ihrer Serviette herum, als er berichtete, Jeff heute früh nicht in seinem Bett vorgefunden zu haben, in das er sich gestern Abend, unmittelbar nach seinem Kurzaufenthalt im Bordhospital, gelegt hatte und sofort eingeschlafen war.

„Ich hätte es doch bemerken müssen, wenn er danach noch einmal aufgestanden wäre, um die Kabine zu verlassen. Aber zuzutrauen ist es ihm. Manchmal ist er unberechenbar. Nach seinem Zusammenbruch gestern Abend bin ich natürlich besonders besorgt."

„Kann aber nicht anders gewesen sein, denn ich bin ihm so gegen Mitternacht begegnet", gestand Ash.

Di spitzte die Ohren.

„In der Bar hab ich ihn zuletzt gesehen. Da war er hellwach, bester Laune, geradezu euphorisch. Wir haben geklönt und wollten uns nach dem letzten Drink oben auf dem Promenadendeck wieder treffen. Ich hab nur noch meinen Anorak aus der Kabine geholt.

Minuten später konnte ich ihn oben nirgendwo finden und bin dann wieder runter gegangen. In die Bar war er aber auch nicht mehr zurückgekehrt, so dass ich vermutet habe, dass er schnurstracks auf seine Kabine gegangen ist. In seinem dünnen Bademantel hat er da oben sicher entsetzlich gefroren."

„Na, weit kann er ja nicht gekommen sein", mischte sich Ms. Shoemaker ein und fand ihre schnippische Bemerkung witzig.

„Und dir", knöpfte sie sich Ash vor, „dir verbiete ich ein für alle Mal, dich nachts in Bars herum zu treiben.

Haben wir uns da verstanden, Fräulein?"

Ohne Ashs Reaktion abzuwarten, machte sich Juri weiter auf die Suche. Sicherheitshalber schaute er noch kurz im Bordhospital vorbei. Doch auch dort war er nicht aufgelaufen. Unschlüssig, was er jetzt tun und wo er sonst noch suchen sollte, kehrte er auf die Kabine zurück. Kein Jeff, kein Rollstuhl.

Nirgendwo sein Bademantel.

„Was kann ich für Sie tun, Mr., äh…" empfing ihn der Kapitän, ein eleganter, schlanker Mann in seinen besten Jahren. Hilfesuchend ließ er die Augen über den Zettel huschen, auf dem man ihm Juris Gesprächswunsch überbracht hatte, fand aber beim flüchtigen Überfliegen seinen Namen nicht darauf.

„Entschuldigen Sie, ich war gerade gedanklich nicht ganz bei der Sache." Hinter ihm stand, gut zwei Köpfe kleiner als sein Vorgesetzter, der Sicherheitsoffizier des Schiffes, ein hölzern wirkender, feister Mann mit kreisrundem Schädel. Den Anschein von Autorität sollte ihm wohl die Uniformmütze verleihen, deren Hauptfunktion aber, so vermutete Juri, mit hoher Wahrscheinlichkeit darin bestand, eine Glatze, zu verbergen, die er sich wie eine blankpolierte Billardkugel vorstellte.

„Ich komme wegen meines Chefs, Mr. Jeff DelMare. Er ist krank, sitzt im Rollstuhl und benötigt meine Unterstützung. Er hat die Kabine neben mir. Gestern Abend habe ich ihn zuletzt schlafend in seinem Bett gesehen, oder genauer gesagt, gehört, bevor ich selbst zu Bett ging. Heute Morgen war er nicht auf seiner Kabine. Seither ist er unauffindbar. Ich weiß nicht, wo er steckt. Eventuell befindet er sich in hilfloser Lage.

„Gestern, kurz vor Mitternacht, bin ihm auf dem Gang zu meiner Kabine begegnet", beruhigte ihn der Kapitän.

„Gut möglich, das passt zu den Angaben unserer Tischnachbarin, Miss Ashley Shoemaker. Der Barkeeper bestätigt das. Sie und Mr.

DelMare hätten sich um Mitternacht in seiner Bar getroffen und etwa gegen zwei Uhr morgens die Lokalität verlassen. Dabei habe er mitbekommen, wie sie verabredeten, sich kurz darauf auf dem Promenadendeck wieder zu treffen. Miss Shoemaker wollte noch kurz auf ihre Kabine, um eine Jacke zu holen, ist Mr. DelMare dann an Deck aber nicht wieder begegnet.

Ich mache mir Sorgen.

Irgendwo auf dem Schiff muss er doch sein."

Die beiden Uniformträger schauten sich an.

„Ich muss zurück auf die Brücke", verabschiedete sich der Kapitän. „Es gibt für solche Fälle im Seerecht eine festgelegte Routine, mein Herr. Übernehmen Sie das bitte, Stavros."

Der kleine Dicke fasste Juri am Oberarm, schob ihn in sein Büro und setzte eine amtliche Miene auf. Er angelte einen Aktenordner aus dem Regal hinter sich und schlug, ohne Juri ins Gesicht zu schauen, zielsicher die Seite auf, die er suchte.

„Als erstes werden wir alle Abteilungen des Schiffes anweisen, in ihren jeweiligen Bereichen nach der vermissten Person zu suchen", erklärte der Grieche. „Spätestens in zwei Stunden haben wir Klarheit."

„Was soll das denn heißen?", fragte Juri verunsichert.

„Nun", murmelte der Offizier, räusperte sich, fasste den Schirm seiner Mütze, hob sie wenige Zentimeter an, um sich mit dem

Taschentuch ein paar Schweißtropfen von der Glatze zu wischen und steckte das Tuch umständlich wieder ein.

„Es gibt lediglich zwei Möglichkeiten. Wenn die Person, die wir suchen, an Bord ist, finden wir sie, wenn nicht, kann sie nur über Bord gegangen sein. Ob freiwillig oder nicht, das aufzuklären ist Sache der Polizei. Ich bin auf jeden Fall verpflichtet, die Polizeidienststelle im nächsten Hafen über Funk in Kenntnis zu setzen. Je nachdem, was unsere Suchaktion ergibt, werden die dann über das weitere Vorgehen entscheiden. Aber seien Sie beruhigt, erfahrungsgemäß löst sich schon bald alles in Wohlgefallen auf."

Schon kurze Zeit nach diesem Gespräch waren Suchdurchsagen in jedem Winkel des Schiffes zu hören. Gegen Mittag wurden die Nachforschungen ergebnislos eingestellt. Gegen 15 Uhr landete ein Hubschrauber auf Deck und brachte zwei Untersuchungsbeamte an Bord. Ihre erste Amtshandlung war die Versiegelung der beiden Kabinen.

Die Befragung aller Personen, mit denen Jeff auf dem Schiff näheren Kontakt hatte, zog sich bis in den Abend hinein. Man sei zum vorläufigen Schluss gekommen, dass Mr. DelMare über Bord gegangen sein müsse und höchstwahrscheinlich ertrunken sei.

„Völlig unmöglich!", war alles, was Juri äußern konnte, die Polizisten aber nur wenig beeindruckte. Mit professioneller Sachlichkeit klärten sie ihn auf, dass die Frage, ob es sich um eine Selbsttötung handele, eventuell von jemandem Beihilfe geleistet wurde oder ein

Mord geschehen sei, nur an Land abschließend geklärt werden könne. Für ihn sei an dieser Stelle die Reise allerdings vorläufig zu Ende. Zwar falle nach den vorliegenden Erkenntnissen auf mehrere der Befragten ein gewisser Anfangsverdacht, doch sei er die engste Kontaktperson von Mr. DelMare und der Einzige, der nicht nur kein Alibi für die Tatzeit, sondern auch ein ziemlich plausibles Tatmotiv habe. Auf ihren Kabinen seien entsprechende Hinweise gefunden worden, die näher untersucht werden müssten.

Juri hatte sich, weiß Gott, nicht das Geringste vorzuwerfen und trotzdem hatte er Schiss ohne Ende.
Glückssträhne endgültig vorbei!
All die Sprüche, Mahnungen und Weisheiten der Großeltern fegten durch seine Gehirnwindungen, und ohne, dass er es beeinflussen konnte, verfinsterte sich seine Miene.
Hatte bereits die Ankunft des Hubschraubers für Aufsehen gesorgt, so weckte sein bevorstehender Abflug die blanke Neugier der Mitreisenden. Juris Gang zur Helikopterplattform war das reinste Spießrutenlaufen. Die Gesichter der Passagiere, die das Geschehen verfolgten, sprachen Bände. Obwohl die meisten von ihnen überhaupt nicht wissen konnten, worum es ging, schien für sie die Sache klar zu sein. Wenn einer von der Polizei abgeholt wird, dazu noch auf hoher See, dann müssen die schon sehr sicher sein, den Richtigen erwischt zu haben.

Kurz vor Erreichen der Plattform, entdeckte Juri in der Menge die Shoemakers. Ash stand mit verheultem Gesicht neben ihrer Mama. Ob sie wegen seiner Verhaftung oder Jeffs Verschwinden weinte, ihre Mutter sie wieder einmal abgekanzelt hatte oder ob sie einfach traurig war, konnte Juri nicht unterscheiden.

Im versteinerten Gesichtsausdruck ihrer Mutter hatte Mitleid jedenfalls kein Platz.

Die Nacht auf der Pritsche der Untersuchungshaftanstalt erinnerte ihn schmerzlich an seine Nächte in der Obdachlosenunterkunft. Er lag wach, starrte an die Zellendecke und war überzeugt, der Kreis habe sich für ihn nun endgültig wieder geschlossen.

Absolut nichts kann man dir vorwerfen, es gibt keinerlei Beweise für irgendwas und vor allem hast du dir selbst nicht das Geringste vorzuwerfen, machte er sich immer wieder trotzig Mut.

Im Verhör am nächsten Morgen konfrontierte man ihn mit der Aussage des Bordfunkers, der zu Protokoll geben hatte, in Juris Auftrag noch am Tag vor Mr. DelMares Verschwinden ein Funktelegramm an einen Notar in Portland übermittelt zu haben, was inzwischen überprüft und bestätigt worden sei. Genau zwei Blätter habe das Schriftstück umfasst. Eine identische Ausfertigung sei in Juris Kabine gefunden worden.

Alles konnte er guten Gewissens bestätigen.

„Außerdem lag in Mr. DelMares Kabine ein Kuvert adressiert an eine Person namens Kathy mit dem Vermerk *Persönlich*. Können Sie sich vorstellen oder wissen Sie, was dieser Brief beinhaltet?"

„Erst vor wenigen Tagen hat mir Mr. DelMare eröffnet, mich und diese Frau, die ich kaum kenne, die aber seit langem seine Geliebte ist, zu seinen Erben bestimmt zu haben, und wollte auch ihr das unverzüglich mitteilen. Er ist sehr krank, weiß um sein nahes Ende und wollte seine Angelegenheiten geregelt haben.
Ich vermute daher auch in dem Brief an diese Kathy eine identische Ausfertigung der Verfügung, die mir Mr. DelMare persönlich übergeben hat."

Der Kommissar nickte und walkte sein rechtes Ohrläppchen zwischen Daumen und Zeigefinger.

Dann blätterte er in den losen Blättern der Akte, die vor ihm lag, blätterte vor und zurück, hob dann und wann die Augenbrauen und räusperte sich.

„Mir liegen hier einige Schriftstücke des Bordarztes vor, aus denen in der Tat Mr. DelMares kritischer Gesundheitszustand hervorgeht. Insofern bestätigt alles, was Sie bisher ausgesagt haben, unseren derzeitigen Erkenntnisstand."

Mit beiden Händen ergriff er den Papierstapel und klopfte entschlossen die Blätter auf die Schreibtischoberfläche, so dass Juri versucht war zu glauben, das Verhör sei zu Ende.

„Sie haben uns allerdings noch nicht verraten, in welchem

Verhältnis Sie persönlich zu Mr. DelMare stehen oder standen", grinste er schmierig.

„Im Wissen, dass seine Tage gezählt sind, hat er mich als seinen Privatsekretär engagiert. Diese Reise noch zu unternehmen, war sein größter Wunsch."

Aus freien Stücken erzählte Juri dem Kommissar, der ihn nach dieser Erklärung jetzt wohlwollender behandelte, von Jeffs Besuch bei der Wahrsagerin, verschwieg auch nicht, auf welchem Weg er herausgefunden hatte, wie es gesundheitlich um Jeff stand und wie sie sich kennengelernt hatten.

„Das von Ihnen erwähnte Kuvert habe ich ebenfalls auf Mr. DelMares Schreibtisch liegen sehen", bestätigte er die polizeilichen Untersuchungen.

„Bei dessen Inhalt handelt es sich zweifelsfrei um einen persönlichen Abschiedsbrief", stellte der Kommissar nüchtern fest. „Aus Ermittlungsgründen haben wir das Schreiben natürlich geöffnet. Sein Inhalt entlastet Sie vollkommen vom Verdacht einer eventuellen Mittäter- oder gar Täterschaft". Es sei vielmehr der klare Beweis, dass Mr. DelMare in Selbsttötungsabsicht von Bord gegangen sein muss. „Im Übrigen kein ungewöhnlicher Fall", seufzte er und reichte Juri die Hand.

„Natürlich können Sie jetzt gehen und wir bitten Sie, die Unannehmlichkeiten Ihrer kurzzeitigen Festsetzung zu entschuldigen. Für den Fall, dass Sie die Reise fortsetzen möchten, lasse ich Sie

Selbstverständlich unverzüglich zum nächsten Anlegehafen des Schiffes bringen."

Juri konnte ein dreckiges Grinsen nicht unterdrücken. Doch war es nicht von der Entschuldigung des Kommissars ausgelöst.

Er stellte sich lediglich Ms. Shoemaker Gesicht vor, wenn er ihr im Restaurant plötzlich wieder gegenübersäße!

Natürlich lehnte er spontan ab.

Eine große Last war von ihm abgefallen, dass sich der Verdacht gegen ihn so schnell aufgelöst hatte.

So richtig freuen, konnte er sich aber nicht. Jeffs Tod machte ihn traurig und die Sorge bedrückte ihn schwer, dass nun er es sein würde, der Kathy die Todesnachricht schonend und behutsam überbringen muss.

Doch noch war er nicht endgültig entlassen.

Das Gespräch im Büro des Kommissars verlief wie in vielen Fernsehkrimis mit Inspektor Columbo, der es liebte, die alles entscheidende Frage immer erst ganz zum Schluss eines Verhörs zu stellen.

Zu einem Zeitpunkt, an dem sich der Verdächtige schon in Sicherheit wähnte, der Kommissar bereits die Türklinke in der Hand hat, sich dann aber noch einmal umdreht.

„Eine winzige Kleinigkeit muss ich noch wissen", pflegte er dann beiläufig zu sagen und genoss jedes Mal den Anblick des überraschten Verdächtigen.

Natürlich kannte der Kommissar diesen Trick, drehte Juris Bordpass genüsslich zwischen den Fingern und feuerte dann aus der Hüfte genau diese eine letzte Frage mit belangloser Miene auf ihn ab:

„In welchem Verhältnis stehen Sie zur Geliebten von Herrn Del-Mare?"

„Vielleicht ist sie meine Mutter."

„Wie bitte?", fragte er nach, als habe er nicht recht verstanden und fühlte sich auf den Arm genommen.

„Ich weiß auch nicht warum, aber Mr. DelMare machte ständig Andeutungen in diese Richtung und versuchte mir einzureden, wovon er überzeugt war. Zuletzt habe ich es selbst nicht mehr vollkommen ausgeschlossen. Aber ich glaube, es stimmt nicht."

Dann erzählte Juri seine merkwürdige Lebensgeschichte. Der Polizist hörte aufmerksam zu, hatte keine weiteren Fragen mehr und wünschte ihm zum Abschied Glück und alles Gute. Jeffs Abschiedsbrief sei dem Notar in Portland weitergeleitet worden, der für die ordnungsgemäße Zustellung an die rechtmäßige Adressatin sorgen werde.

„Alles andere müssen Sie selbst regeln", zwinkerte er Juri aufmunternd zu.

Außer einem Telefonat, in dem Jeff berichtet hatte, dass sie gut in San Francisco gelandet waren, sowie einer Postkarte mit dem Bild ihres Schiffes, hatte Kathy seit der Abreise von den beiden Kreuzfahrern nichts mehr gehört. Dass sie sich nicht häufiger und ausführlicher gemeldet hatten, ärgerte sie anfangs ein wenig, wertete es letztlich aber als gutes Zeichen.

Eines Morgens, als sie von der Arbeit kam, steckte an der Tür des Apartments eine Benachrichtigung über ein Einschreiben, das im Postoffice zur Abholung bereit liege.

Alles, was sie jetzt brauchte, waren ein paar Stunden Schlaf und danach war immer noch Zeit genug, es abzuholen. Wahrscheinlich hatte sie wieder einmal vergessen, eine Rechnung zu bezahlen, oder ihr Vermieter wollte für das Drecksloch wieder mehr Miete von ihr. Zum Glück war sie noch nicht dazu gekommen, das Geld, das Jeff ihr zugesteckt hatte, in ein neues Kleid zu investieren, sodass sie sich keine Sorgen machen musste, irgendwelche Forderungen nicht begleichen zu können.

Dennoch fand sie keinen Schlaf und wälzte sich unruhig von einer Seite auf die andere.

Als die Sonne hell durch das Dachfenster schien, stand sie auf, kleidete sie sich an und ging zur Post, wo man ihr ein größeres Kuvert aushändigte.

Absender war ein Notariats- und Rechtsanwaltsbüro in Portland.

Sehr geehrte Frau Iwanowa,

im Auftrag von Herrn Jeff DelMare, übersenden wir Ihnen eine Ausfertigung der Verfügung, die er uns vor wenigen Tagen zur Beglaubigung und Weiterleitung an Sie übermittelt hat. Für Rückfragen hinsichtlich des Inhalts und des Zeitpunktes seines Inkrafttretens steht Ihnen unser Büro gerne jederzeit zur Verfügung.

Sincerely

Das Anschreiben überraschte sie nicht. So oft schon hatte Jeff davon gesprochen, wie gerne er es sähe, wenn sie den Job in der Bar an den Nagel hängen würde.

„Du wirst doch auch nicht jünger, Liebes, und Nacht für Nacht in diesem verqualmten Loch mit diesen kaputten Typen, das kannst du doch auch nicht ewig machen!"

„Und wovon soll ich leben und meine Miete bezahlen", hielt sie ihm dann immer entgegen und lehnte alle seine Angebote ab, sie finanziell zu unterstützen.

Jeff hat das wohl nie so richtig verstanden und auch nie damit aufgehört, ihr immer wieder heimlich Geld zuzustecken, das sie oft an den unmöglichsten Stellen ihres Apartments entdeckte, wenn er schon längst wieder über alle Berge war. Erst als sie akzeptieren konnte, dass er wirklich keinerlei Gegenleistung von ihr erwartete oder beabsichtigte, sie von sich abhängig zu machen, gab sie ihre Gegenwehr auf.

Im Umschlag steckte ein weiteres, verschlossenes Kuvert.

Es trug in Jeffs Handschrift Kathys Namen und den Vermerk „Persönlich". Ihre Hände zitterten, als sie es öffnete und den Zusammenhang mit dem Schreiben des Notars ahnte.

Als ihre Augen über die ersten Zeilen flogen, schlug ihr das Herz bis zum Hals.

Kathy, mein Liebling,

der Abschied vor unserer Abreise ist mir auch jetzt, wo ich diesen, meinen letzten Brief an Dich schreibe, lebendig vor Augen. Wir wussten beide, dass es sehr wahrscheinlich ein Abschied für immer sein würde. Leider ist es mir nicht gelungen, Dir die damit verbundene Traurigkeit zu ersparen. Schon beim Verlassen der Klinik in Portland ahnte ich, dass sich das Leben für mich, für uns, grundlegend ändern und vor mir nur noch eine kurze Lebensspanne liegen würde. Einfältig, wie ich war, habe ich mein Leben lang nicht an die Begrenztheit meiner Zeit geglaubt. Erst als Verleugnen nichts mehr nützte, habe ich allmählich begonnen, meine Situation zu akzeptieren. In Deiner Nähe habe ich begriffen, dass mein Ende, sollte es denn auf natürliche Weise eintreten, keine scharfe Zäsur sein muss. In diesem Bewusstsein habe ich mit Dir noch glückliche Tage gehabt, immer in der Hoffnung, der Gevatter möge mir die Chance lassen, mich auf sein Kommen vorzubereiten, bevor ich ihn persönlich kennenlerne. In den letzten Tagen spüre ich allerdings, wie er sich mir mit Riesenschritten nähert. Dennoch habe ich die herrlichen Tage auf dem Meer so gut es ging genossen. Sie haben mich zutiefst berührt und ließen mich sehr an meinen Großvater denken, der ein einfacher Fischer war und eines Tages ertrank. Großmutter sagte, er sei nun in der Obhut der Meerjungfrauen und habe es gut bei ihnen. So wie er von dieser Welt zu gehen, erscheint auch mir nun eine erstrebenswerte Option. Du, meine geliebte Kathy, warst mein Ankerpunkt in dieser Welt, die ich verlassen haben werde, wenn du diesen Brief liest. Für Deine erfüllende Liebe danke ich Dir von Herzen. Mein Notar wird Dir mitteilen, dass ich Dir die Hälfte meines Vermögens vermacht habe. Es wird Dir ein sorgenfreies Leben ermöglichen. Die andere Hälfte soll dem gehören, den ich für Deinen Sohn halte und der tatsächlich auch nicht Igor, sondern Juri heißt. Doch, dass ich ihm zufällig begegnet bin, ist die volle Wahrheit. Trefft euch möglichst bald, feiert euer Wiedersehen im Gedenken an mich und gebt dem Zufall auch in eueren Leben künftig eine Chance. In Liebe Dein Jeff

Sie hatten sich am Vormittag telefonisch verabredet.

Es war ein eigenartiges Telefonat. Wie zwei Katzen auf Brautschau waren sie umeinander herumgeschlichen. Sätze, die gesagt wurden, blieben an der Oberfläche, als wären man sich völlig fremd.

Keinem gelang der Sprung über den eigenen Schatten und jeder hätte es doch zu gerne getan.

Juri fühlte sich an jenen Abend in der Bar erinnert und an die Stunden, die sie kurz darauf zu dritt im *Leopardo* verbracht hatten.

Immerhin hatten sie unabhängig voneinander, die Idee, sich Jeff zu Ehren und um seiner zu gedenken, wieder genau dort zu treffen.

„Da wird er uns nahe sein", seufzte Kathy am Telefon. „Und wir ihm."

Erst zweimal waren sie sich begegnet und kannten außer ein paar Belanglosigkeiten fast nichts voneinander. Lediglich die Bekanntschaft mit Jeff verband sie und nun hatte er verfügt, sie sollten sich sein Erbe teilen.

Mehr denn je war es Juri ein Rätsel, was um alles in der Welt Jeff hatte glauben lassen, Kathy könne eventuell seine Mutter sein.

Je länger er darüber nachdachte, desto weniger fand er eine Antwort.

Nur noch mehr ungelöste Fragen stellten sich ihm.

Weiß sie etwas, wovon ich nichts weiß?

Kennt sie überhaupt Jeffs Vermutung und wenn ja, teilt sie seine Annahme?

Oder hatte sich Jeff einfach nur verrannt?

Würde es unter diesen Umständen überhaupt gelingen, ohne Jeffs Vermittlung einander zu begegnen, ohne sich in die Haare zu geraten?

Schon lange vor der verabredeten Zeit stand Juri vor dem Lokal.

Unterwegs hatte er Blumen gekauft. Es würde ihn beruhigen, bei ihrem Wiedersehen etwas in den Händen zu haben.

Bei seinen Bühnenauftritten war ihm das immer wichtig.

Mochten die Passanten doch denken was sie wollten, wenn sie ihn hier wie einen frisch Verliebten mit einem Strauß Rosen stehen und warten sahen.

Sie verspätete sich erheblich.

Obwohl sie nicht mehr das billige, enge Sommerkleid trug, erkannte er sie sofort, wie sie auf der anderen Straßenseite inmitten einer Fußgängergruppe mit suchendem Blick, von einem Bein aufs andere trippelnd, immer wieder auf ihre Uhr schaute und das Ampelsignal für die Fußgänger kaum erwarten konnte. Wie ein aufgedrehtes Schulmädchen hüpfte sie mehrmals in die Höhe, um besser über die vor ihren Wartenden hinweg sehen zu können.

Als sie endlich Juri mit seinem Blumenstrauß vor dem Restaurant entdeckte, winkte sie ihm ausgelassen zu.

„Juri, Juri!", hatte sie von der gegenüberliegenden Straßenseite immer wieder laut seinen Namen gegen den Verkehrslärm gerufen und begeistert gewunken.

Plötzlich war sie losgerannt.

Stundenlang hatte man ihn auf dem Revier zum Hergang des Unfalls befragt und mindestens ebenso lang saß Juri nun schon vor dem Eingang zur Intensivstation, als endlich die Schleuse geöffnet wurde und eine Ärztin auf ihn zu kam.

"Mr. Stepanow? Juri Stepanow?", fragte sie lächelnd.

Sie können jetzt zu ihr.

Ms. Iwanowa ist aufgewacht und ansprechbar."

Zeitfracht Medien GmbH
Ferdinand-Jühlke-Straße 7
99095 Erfurt, Deutschland
produktsicherheit@kolibri360.de